Der Fluch des Taxifahrers

edition chrismon

ARND BRUMMER – NOTIZEN AUS DEM LEBEN

Der Fluch des Taxifahrers

edition chrismon

Bibliografische Information der Deutschen Nationalbibliothek.
Die Deutsche Nationalbibliothek verzeichnet diese Publikation in der Deutschen Nationalbibliografie; detaillierte bibliografische Daten sind im Internet über http://dnb.d-nb.de abrufbar.

Umschlaggestaltung und Satz:
Kristin Kamprad, Hansisches Druck- und Verlagshaus GmbH

Umschlagfoto:
Hartmut E. Rätsch

Druck und Bindung:
Lindendruck Verlagsgesellschaft mbH, Hannover

2., durchgesehene und aktualisierte Auflage

Printed in Germany
ISBN 978-3-938704-32-5

Inhalt

Notiz zur durchgesehenen Neuauflage

Texte werden lebendig – wenn sie jemand liest. Manche bewegen die Menschen über lange Zeit hinweg, weil sie Dinge behandeln, die von universaler Bedeutung sind. Kolumnen und Essays, wie sie in diesem Buch gesammelt sind, verfolgen dieses Ziel nicht. Sie entstehen aus einer Gegenwart und haben nichts anderes im Sinn, als Zeitgenossen zu erreichen. Manches erweist sich dann – hin und wieder durchaus zur eigenen Überraschung des Autors – als längerfristig haltbar. Anderes hat sein Haltbarkeitsdatum rasch erreicht oder sogar überschritten. Einer kritischen Durchsicht hält es für eine neue Auflage nicht stand. Das ist auch einigen wenigen Texten aus der ersten Auflage des vorliegenden Buches widerfahren. An ihre Stelle sind neuere Betrachtungen getreten. Mein Wunsch bleibt indes derselbe: Möge den geneigten Leserinnen und Lesern die Lektüre der vorliegenden Sammlung Anregung und Vergnügen bereiten.

Arnd Brummer
Frankfurt am Main, 10. September 2007

Der Sommelier der Alltagsreligion

Arnd Brummers Feier des Lebens

Leitartikler!

Vorsicht! Hinter diesem Wort verbergen sich oft mentale Schwer(st)athleten. Tiefgründler der Befindlichkeiten. Sumo-Ringer angefressener und schwer verdaulicher Halbwahrheiten. Orientierungs-Halbwaisen. Wöchentliche Standpauker. Promovierte Briefkastenonkel mit Sondermarken. Zeitgeist-Spesenritter.

Kolumnisten!

Vorsicht! Das sind Lightartikler. Tanten aus der grellbunten Bussi-Szene. Emeritierte Sportler mit Blutgrätschendiplom und Hattrick-Mief. Aufgespritzte Busenwunder mit Insiderwissen! Blaublütige Ruinen mit grassierenden Steuerproblemen und Untervermieterschlössern.

Es geht aber auch ganz anders! Und wie!

Texte im Stil der Weisheit der vorletzten Dinge. Angenehm geerdet und doch mit Niveau. Alltagsweise und verschmitzt vorgetragen. Die kleine große Kunst der geerdeten sinnlichen Vernunft also.

In den vorliegenden Kurzessays aus dem ehemaligen „Deutschen Allgemeinen Sonntagsblatt“ und der Rubrik „Was ich notiert habe“ aus „chrismon“ von Arnd Brummer kann man diese Kunst der kleinen Form jetzt endlich nachlesen. Oft sind es Grunderfahrungen des Alltags: das kleine Glück des Urlaubs und die Freude der Heimkehr, das knisternde Glück der Novembernachmittage, die kleine Dingmystik eines Eishockeypucks, der Lebensgewinn des Älterwerdens, die riesige Gunst der Freundschaft und Anteilnahme, der Mut zur Ansehnlichkeit, der Toast auf die bürgerliche Mischpoche, die kleinen, mittleren (und zuweilen großen) Kontingenzen, der alltägliche, oft auch fiese Kampf um Lebenschancen, zuweilen der Ausgriff ins Politische, das uns im Wohnzimmer via Kabel erreicht, religiöse Verstörungen (ja, auch religiöse Verstörungen), die Umsicht verlangen. Kurz: Alles, was Einhalt gebietet, Begegnungen im Foyer, auf der Party, im Billy-befreiten Wohnzimmer von Freunden, aber auch Begegnungen im Buch, im Museum oder vor der Glotze werden in wohlkomponierte Szenen übersetzt. Miniaturen des Heiligen, fein gearbeitet.

Man lernt Parzival privat kennen, wie er Wasserkisten schleppt (die anrührendste Geschichte, die keiner verpassen sollte), König Artus inkognito, Jesus in der ungealterten Gestalt des barmherzigen Samariters und etliche Alltagslegenden, die uns helfen, unser Leben in der akuten Unübersichtlichkeit zu deuten.

Arnd Brummer ist ein Großmeister der Situation, sagen wir genauer: ein Zeremonienmeister, denn was diese kurzen Texte durchzieht, ihr gut gelaunter Grundton, ist die fröhliche Feier des Lebens jenseits und diesseits aller Rechtfertigungsjargons und protestantischer Leidensfähigkeiten. Gegen die medial ausgerufene Spaßgesellschaft mit ihren schnell veraltenden Kicks und müden Hypes – dazu zählt Brummer auch das „Spießbürger-Biathlon“ des Fremdgehens, unterschieden vom kultivierten Flirt – plädiert Brummer für die Feier des Lebensabenteuers. Intendiert wird ein Sinneswandel, der sich in der Tat am runden Tisch beim guten Roten (es kann natürlich auch ein einfacher, ehrlicher Landwein sein, die eher protestantische Variante) am besten erreichen lässt. Brummer inszeniert stilsicher einen Gemeinsinn und liefert den Katechismus der Alltagsreligion gleich mit. Vernunft und alle Sinne gegeben. Die Betonung liegt auf dem „und“, vermutlich sogar auf dem zweiten Teil. In vino veritas. Vielleicht kann man in diesen Miniaturen am besten erlesen, was eine gelebte Alltagsreligion und Religionstheologie – unaufgeregt, dem Eifern abgeschworen, gewitzt und fröhlich – im besten Sinne leisten kann.

Leitartikler? Kolumnist?

Ein Sommelier der Alltagsreligion.

Klaas Huizing

Überall wuchert der Sprachkrebs

Wer Kolumnen schreibt, muss Augen und Ohren im Alltag sperrangelweit aufmachen. Der Kolumnist ist immer auf Empfang, selbst wenn er rein zufällig Arbeitsbroschüren des Diakonischen Werkes zum Thema „Sterbebegleitung" durchblättert. Oder wie es die Autoren dieses Heftes formulieren würden: Es ist notwendig, sich zur Durchführung der Umsetzung der Erstellung eines Beitrages, wie ihn der vorliegende darstellt, ab und zu die Nutzung einer Lektüre vorzunehmen.

Ich streife also mal wieder an einem Mittwochmorgen durch die Redaktion. In Gedanken bin ich beim Thema für die Kolumne: Treue. In den Fernsehberichten vom Finale der Fußballbundesliga waren mir Spruchbänder in den Stadien aufgefallen, auf denen sich „die Treuesten der Treuen" mit aufmunternden Worten an ihre Idole zu Wort meldeten.

Da drückt mir ein Kollege eben jene Arbeitshilfe für Pflegerinnen und Pfleger in Altenheimen in die Hand. Sie soll es ihnen erleichtern, sterbende Menschen zu begleiten. Das interessiert mich, weil ich zufällig in den vergangenen Wochen mit Sterbebegleitern über ihre schwierige Aufgabe gesprochen habe. Alle haben voller Wärme und mit großem Ernst von ihrer Arbeit erzählt, auch von den Schwierigkeiten, von der Hilflosigkeit des Helfenden. So habe ich voller Neugier zu lesen begonnen.

Aber was ich da las, ließ mir den Atem stocken. Textprobe: „Eine Koordination zur Umsetzung der ‚Vernetzten Sterbebegleitung' in einer Einrichtung muss die Umsetzung der ... genannten ... Anforderungen im Auge behalten. Hierbei sind räumliche Voraussetzungen zur Gestaltung einer Abschiedskultur zu schaffen. Dazu müssen – in Anlehnung an die ‚Umsetzungsbausteine' und das Raster – Handlungsstrategien zur Umsetzung für die jeweilige Einrichtung erstellt werden."

So geht das über viele Seiten. Eine vollkommen menschenleere Sprache. Eine Wüste von Passiven, Hauptwörtern mit -ung-Endung und befehlenden Infinitiven. Was muss das für eine Abschiedskultur sein, für die Voraussetzungen zu schaffen sind. Und welche Voraussetzungen braucht sie? Der Ton ist mir nur zu geläufig. Ein Musterbeispiel, kein Sonderfall: Die Metastasen des deutschen Krebsübels Verwaltungssprache wuchern überall.

Kein Absender zeigt sich. Dabei wäre das leicht zu ändern. Warum heißt es nicht: „Wir schlagen vor ..." an Stelle des abstrakten Befehls „Dazu müssen ..."? Und warum wird das Publikum nicht direkt angesprochen, die Pflegenden, die Hausleiter? Etwa so: Sorgen Sie für eine entspannte Atmosphäre, sprechen Sie beim Einzug in Ihr Haus mit den Neuankömmlingen über Bestattungswünsche, über Religion und Rituale.

Die Autoren sind sicherlich gescheite Leute. Warum verstecken sie sich in abgelutschten Worthülsen und erzählen nicht von den Dingen, die sie anderen vermitteln wollen. Voraussetzungen für die Gestaltung einer Abschiedskultur sind zu schaffen! Das klingt nicht einladend, nicht motivierend. Das riecht nach „Maßnahmen" und „Verwaltungsakten". Das ist so deutsch wie verordnete Fröhlichkeit. Kann man als Ausbilder anders schreiben? Handelt man sich in Deutschland dann nicht den Vorwurf ein, unseriös zu sein, wenn man sich direkt an die Leser wendet? Offenbar meinen das Lehrer und Dozenten in unserer Schreibkultur und mühen sich geradezu ab, den Stoff möglichst verquast und menschenfern zu vermitteln, um als Wissenschaftler zu gelten. Die Autoren derartiger Texte ahnen wahrscheinlich nicht, dass sie sich dabei kulturell mit dem alten Obrigkeitsstaat gemeinmachen, der es dem Untertan untersagte, den Maßstab seiner beschränkten Einsicht an seine Handlungen anzulegen. Wer Zugänge eng macht oder verstopft, will seinem Publikum keinen Dienst erweisen, will nicht dienen, sondern verhält sich arrogant: Wenn du nicht kapierst, was ich meine, bist du selbst schuld. Wahrscheinlich bist du einfach nicht gut genug, um mich zu begreifen!

Keiner kann mir übrigens weismachen, dass er Texte wie den oben zitierten aus fachlichen Gründen so habe schreiben müssen. Eher vermute ich persönliche Motive, wenn sich jemand hinter Hauptwort-Monstern und Infinitiv-Ungeheuern versteckt. Wer ungeschützt redet und schreibt, wer sich im wahren Sinn des Wortes klar „äußert“, muss alles auf die eigene Kappe nehmen. Andererseits winkt ihm als Preis, die Angesprochenen als lebende Menschen, nicht als Strukturen oder andere Papiertiger zu erreichen. Das wäre doch die Anstrengung wert, oder?

Damit ist die Vollstreckung der Vollendung der Durchführung des Schreibaktes abgeschlossen.

Männer sind unreif, Frauen spielen nicht

Am Neujahrstag telefonierte ich mit meinem alten Freund Kurt. Nachdem wir die üblichen Fragen (Kinder, Frau, Gesundheit, Beruf) abgearbeitet hatten, verwendeten wir noch ein paar Minuten auf Marius und Sulla, auf Caesar und Pompejus und auf das Ende der römischen Republik. Kurt ist immer noch der Meinung, dass die Unfähigkeit des römischen Senats, eine der Supermacht angemessene Regierungsform zu schaffen, auf jeden Fall zu einem Putsch von oben geführt hätte. „Wenn nicht durch Caesar, dann durch einen anderen."

Rom ist immer Thema, wenn Kurt und ich miteinander sprechen – seit mehr als zwanzig Jahren. So lange kennen wir uns. In den Augen unserer Frauen pflegen wir eine mehr oder minder absurde Marotte, wenn wir uns heftigst über den Geisteszustand des späten Sulla ereifern oder über die Bedeutung Ciceros als Staatsmann streiten. Uns aber tut es gut, einen zu kennen, mit dem man diese Themen ernsthaft erörtern kann. Kurt ist ein viel beschäftigter Wirtschaftsanwalt. Er arbeitet in einem Milieu, in dem man höchstens seinen Airedale-Terrier Sulla nennt.

Mit meinem Cousin Marco erörtere ich vorwiegend die Bedeutung Eric Claptons und die von Jimmy Page für die Entwicklung der Rockmusik. Mit meinem Kollegen Gerd rezitiere ich im Wechselgesang Aufstellungen deutscher Fußballnationalmannschaften von 1954 bis 2002. Mit Fritz bin ich auf der Suche nach der ultimativen Methode, Weißwürste zu enthäuten. Die Treffen mit Mike dienen dem Austausch über die wirkungsvollsten Migränemedikamente.

Urlaubsziele sind der bevorzugte Gegenstand bei Zusammenkünften mit Pit.

Jede Beziehung hat ihren eigenen Gehalt. Und keine ist durch die andere zu ersetzen. Jede Beziehung ist ein Stückchen Zuhause, ein bisschen Heimat, ein Feld, das man mit einem ganz bestimmten Partner teilt. Jede Beziehung ist eine seelische oder geistige Nachbarschaft. Dort, wo die gemeinsamen Themen liegen, berühren sich die Sphären.

Was uns Rom bedeutet, muss außer Kurt und mir niemand verstehen. Wir spielen unser Spiel. Nur das ist wichtig. Es geht uns nicht um Rom. Rom ist unser Mittel zum Zweck: eine Viertelstunde freundschaftlicher Begegnung. Andere spielen miteinander Tennis. Da frage keiner, ob sie nicht besser Tischtennis oder Billard miteinander spielten.

Männer, hat mir neulich eine kluge Frau erzählt, seien sozial behindert. Sie bräuchten entweder einen Ball, ein Hobby oder ein abstruses gemeinsames Thema, um einander näherzukommen, nahe zu bleiben, befreundet zu sein. Nur im Spiel könnten sie sich öffnen. Von Mann zu Mann komme es nur selten zu echten intimen Gesprächen. Was ist echt? Was heißt intim? „Tja", antwortete die kluge Frau, „Männer bleiben bis ins hohe Alter ein wenig infantil, sind große kleine Jungs, ein wenig unreif."

Mag sein, sagte ich. Mehr wusste ich zunächst nicht zu erwidern. Dann fragte ich die kluge Frau, ob sie noch Tennis spiele im Damenteam des TCK. „Nee", erzählte sie, „wir haben uns gerade aufgelöst. Wir sind völlig verkracht miteinander." Sie solle sich nichts daraus machen, riet ich ihr. Dass Frauschaften in Streit und Hader auseinanderbrächen, sei völlig normal. Frauen seien einfach zu reif, um Spiel und Ernst auseinanderhalten zu können. Spielen um des Spiels willen, ein Hobby ohne sonstige Bedeutung, das müssten sie den unreifen, infantilen Männern überlassen.

„Wollen Sie damit behaupten, Frauen könnten nicht spielen?" So absolut wollte ich es nicht formulieren, entgegnete ich. Immerhin ein Spiel, das man nur um seiner selbst willen spielt, hätte ich mit Frauen gerne, oft und mit größtem Vergnügen inszeniert: den folgenlosen Flirt. Über Rom, Eric Clapton und Fußball werde ich mit dieser Frau nie reden können, dachte ich beim Abschied. Aber die Unterschiede zwischen den Geschlechtern – das könnte unser Thema werden!

Melde dich, wenn du in der Gegend bist!

Vor ein paar Tagen, kurz nach der Tagesschau, klingelte unser Telefon. „Hier ist Michael! Hallo Arnd, lange nichts von mir hören lassen. Wie geht es dir?“ Michael, Michael? Die Stimme kam mir bekannt vor. Mein Gehirn ratterte die Träger dieses Namens durch. In die Pause hinein reagierte mein Gegenüber: „Michael Degen! Sevilla, Córdoba. Na, dämmert's?“ Degen, Degen? Der kleine blonde Fotograf? „Genau. Aber so klein bin ich eigentlich gar nicht.“ Michael Degen. Die Andalusientour mit dem Ballett. Da war ich noch Kulturredakteur in Stuttgart. Also, das ist mindestens fünfzehn, eher zwanzig Jahre her. „Was, so lange? Ehrlich? Da siehst du, wie die Zeit vergeht.“

Fröhlich quasselte die Stimme auf mich ein. Erzählte kurz, dass er immer noch in Frankfurt/Main wohne, aber längst nicht mehr bei dieser Agentur von damals arbeite. Dass er inzwischen geheiratet habe, zwei Kinder, aber schon seit acht Jahren geschieden sei. Okay. Schön. Oder besser: schade.

Nein, er lebe jetzt endlich mit der Frau seines Lebens zusammen. Eine Esoterikerin. Mit der habe er jetzt ein Buch gemacht. Über das Blumenhoroskop. „Die kennst du aus dem Fernsehen, war schon in diversen Talkshows.“ Erika von Dings, ich konnte mit dem Namen nichts anfangen. „Die kennst du. So 'ne große Rotblonde.“ Nee! „Nee? Macht nichts.“

Degen. Michael Degen. Drei Abende in Spanien. Vor fast zwanzig Jahren. Vermutlich haben wir am Flughafen Adressen ausgetauscht und einander versichert, dass wir uns melden würden, wenn wir in der Gegend seien. So fragte ich: Bist du in der Gegend?

„Nein. Aber ich wollte dich schon lange mal anrufen. Fand ich toll, die Gespräche damals mit dir. In dieser Bodega." Bodega? „Das weißt du doch noch. Wo uns dieser Kerl, dieser besoffene Kollege aus Hamburg, so auf den Senkel ging!" Null, nichts. Ein schwarzes Loch. „Du hast ihm so richtig die Luft rausgelassen, diesem Angeber." Das schmeichelte mir, meinem Erinnerungsvermögen half es nicht auf die Sprünge. Allmählich wurde ich ein wenig ungeduldig.

Ich wollte nicht unhöflich sein. Und als er mich dann befragte, was ich so erlebt hätte, ließ ich mich zu einigen biografischen Angaben verführen: verheiratet, Kind, glücklich, zufrieden. „Kinder sind das Größte", begann Michael sein neues Solo. Seit er Kinder habe, wisse er erst, was wichtig im Leben sei. Er sehe sie jedes zweite Wochenende. Eisern. Die Kinder bräuchten den Vater, da sei er sich mit seiner Ex einig.

Deswegen, so quoll es mir in den Kopf, hat er mich doch aber nicht angerufen. Irgendwas will der von dir! Soll ich ihn direkt fragen: Was verschafft mir die Ehre deines Anrufes? Nein, das wäre zu brüsk. Schön, deine Stimme zu hören? Wäre gelogen. Hat dein Anruf einen bestimmten Grund? Kann ich dir helfen? Will ich zwar nicht, aber so geht's. „Nein, gar nicht!" Das klang fast ein wenig beleidigt. „Wollte einfach nur mal wissen, ob du noch lebst und wie es dir geht und überhaupt." Das machte mich verlegen.

Wir plauderten noch ein paar Minuten. Über seinen Job, über meinen. Über seinen Urlaub, über meinen. Ich erfuhr, dass sein Vater vor kurzem gestorben sei. Ein freundlicher Mensch, dieser Michael.

Also, er hat jetzt meine Adresse. Und wenn er mal in der Gegend ist, dann meldet er sich und wir trinken einen Kaffee. „Mach ich auf jeden Fall. Jetzt, da wir wieder Kontakt haben, darf er nicht wieder einschlafen, hörst du! Und du meldest dich, wenn du mal in Frankfurt zu tun hast!" Ehrensache. Also dann, tschüss, mach's gut, Michael.

„Halt, bevor ich es vergesse: Darf ich dir mal unser Buch schicken? Vielleicht findest du eine Möglichkeit, es zu besprechen." Ich wusste es doch! Die Leute melden sich nur, wenn sie etwas wollen. Aber ist das schlimm? Nein, schlimm ist es nicht. Als wir die Idee hatten, in Kärnten Urlaub zu machen, habe ich Gerti angerufen. Nach mehr als zehn Jahren. Weil sie doch aus Kärnten stammt und vielleicht was wüsste. Hallo, hier ist Arnd. Arnd Brummer. Wir sind uns mal auf einem Fest bei Joachim Hotz begegnet.

Darf man mit 44 schon alt sein?

„Nichts ist umsonst", pflegte mein Großvater zu kalauern, „außer dem Tod. Und der kostet das Leben." Der alte Herr sagte das so oft, dass wir Jungen allerhöchstens noch genervt die Augen verdrehten oder die Lippen zu einem müden Grinsen verzogen. Nun bin ich ein Mittvierziger und meine Familie registriert bei mir die Neigung, mich zunehmend mit Binsenweisheiten in ernste Gespräche einzuschalten. Schlimmer noch: Mir fällt selbst auf, wie häufig ich unterschiedlichste Nachrichten mit solch fatalistischen Allerweltsbotschaften kommentiere.

Wenn meine Frau über das Wetter klagt, so rate ich: Man muss es nehmen, wie es kommt. Es lässt sich sowieso nicht ändern. Wenn mein Nachbar empört berichtet, wie ihn ein Verkäufer über den Tisch gezogen hat, heißt mein Trost: So sind sie, die Leute. Mit Katastrophen konfrontiert, reagiere ich bündig: Das Leben sei nun mal lebensgefährlich. Meine Fähigkeit, mich aufzuregen, nimmt rapide ab. Der Beginn der Vergreisung? Der Anfang vom Ende? Nackter Überdruss am Gewoge der Welt?

Was Opas Lieblingsfloskel angeht, muss ich leider feststellen, dass sie stimmt. Alles hat seinen Preis. Jede Entscheidung für etwas im Leben ist auch eine gegen etwas anderes. Neue Chancen bringen neue Probleme.

Ich wollte nie glauben, dass derart schlichte Erkenntnisse eine Frage des fortschreitenden Alters, der wachsenden Lebenserfahrung sind. Aber es stimmt: Je mehr Freud und Leid man erlebt hat, desto schwerer ist man aus der Ruhe zu bringen. Das ist total normal und wird nicht dadurch originell, dass ich es erlebe.

Was mich beunruhigt, ist der Zeitpunkt, zu dem ich diese Entwicklung bei mir feststelle. Bei einem 80-Jährigen würde ich stoischen Gleichmut als eine Art Altersweisheit bewundern. Aber ich bin erst 44! Und schon auf dem Weg zum Grufti? Klar, man hat seine Träume. Noch einmal nächtens über Zäune klettern und Kirschen stehlen. Leben, ohne die Schere der Vernunft im Kopf. Ein Motorrad anschaffen. Oder wenigstens Inlineskates. Letztere habe ich mir gekauft. Nun stakse ich mit meinem kleinen Sohn durch unser Neubaugebiet, zum Gaudium der Nachbarschaft. Ein Narr auf Rollen.

Ich weiß aus der Werbung: Jeder ist so alt, wie er sich fühlt. Manchmal fühle ich mich ziemlich alt. Darf ich das denn nicht, verdammt noch mal! Natürlich darf ich, beruhigt mich die einschlägige, von älteren Männern produzierte Literatur. So sieht sie aus, die Midlifecrisis! Der Mensch im Übergang. Man zappelt und wehrt sich. Und beginnt doch, das neue Stadium der Reife zu genießen. Abwechselnd beneidest und bedauerst du die Jungen.

Neulich an der Supermarktkasse: Vor mir in der Schlange ein frischverliebtes Pärchen, Anfang 20, das nicht voneinander lassen kann. Knutschen, streicheln, turteln. Und ich muss noch zur Post! Und die macht zu! Die Frau an der Kasse, in meinem Alter, sieht's auch und wartet zehn Sekunden. Dann ruft sie: „Kinder, wollt ihr nicht den jungen Mann vorlassen. Ich glaub, der hat es eilig." Ich schrecke auf: „Nee, lassen Sie nur. Ich weiß noch, wie schön das ist. Und danke für den ‚jungen Mann'." Das Pärchen errötet, die Kassiererin errötet und auch mir brennen die Wangen. Das Leben der Älteren kann aufregend schön sein.

Einfach mal Guten Tag sagen, einfach so

Oft genug habe ich den Zauber der Anonymität beschworen, der uns Massenmenschen in den großen Städten davor schützt, verrückt zu werden. Würden wir uns in Bussen, Bahnen und Einkaufszentren oder auf dem Kirchentag ständig als Einzelne wahrnehmen und begrüßen müssen, wir wären längst des Wahnsinns verwirrte Beute. Dabei bleibe ich.

Man kann nicht laut „Guten Tag zusammen!“ rufen, wenn man sich abgehetzt in den völlig überfüllten Bus quetscht. Aber es gibt Orte, an denen ärgert es mich, wenn jemand reinkommt, die Anwesenden wie Luft behandelt und sie nicht der geringsten Aufmerksamkeit für würdig erachtet.

Ich sitze mit einer Handvoll anderer Schwitzender in einer öffentlichen Sauna. Da tritt ein neuer Nackter durch die Tür, blickt stumm in der Kabine herum, findet die Lücke, setzt sich, schwitzt und schweigt. Im Wartezimmer meiner Ärztin zwängt sich eine junge Frau auf den letzten freien Stuhl. Kein Gruß, kein Blick, der Griff nach einer Illustrierten, Sendepause. Im Theater besetzt das adrette Paar die Plätze neben uns. Warum teilen sie uns nicht wenigstens mit einem Kopfnicken mit, dass sie uns als Nachbarn für die nächsten zweieinhalb Stunden registriert haben? Und in der Kirche wird es peinlich, als die Pastorin nach einer Dreiviertelstunde bittet: Geben Sie doch Ihrem Nebensitzer ein Zeichen des Friedens und begrüßen Sie ihn. Nachdem wir 45 Minuten Seit' an Seit' im Gesangbuch geblättert, nach vorne geschaut und einander ignoriert haben.

Jürgen Fliege hat mal gesagt, er halte es für unehrlich, wenn Menschen in einer solchen Atmosphäre „Vater unser" beten; sie sollten das Gebet der Gebete lieber mit „Mein Vater" beginnen. Ich befürchte, dass viele diese Aufforderung nicht mal mehr als Provokation verstehen können, sondern nur noch stumm mit den Achseln zucken. So ist es halt. Grüßmuffel sehen das Problem nicht.

Eigentlich wäre es aber auch umgekehrt kein Problem, oder? Auch wer in der Sauna, in der Kirche, im Wartezimmer oder im Parkett für sich sein will, könnte doch wenigstens „Tach" murmeln oder „Hallo", von dem im Süden Deutschlands üblichen „Grüß Gott" oder „Salü" ganz zu schweigen. Vielleicht müssten wir weniger über die Folgen der Individualisierung, über Vereinsamung und fehlende Mitmenschlichkeit klagen, wenn wir uns häufiger mit dieser knappsten Geste des gegenseitigen Respektes begegnen könnten.

„Fehlende Kinderstube" hat meine Tante kurz und knochentrocken festgestellt, als ich sie um ihre Erklärung der allgemeinen Grußlosigkeit gebeten habe. Das klingt sehr altmodisch. Wahrscheinlich ist es nicht ganz falsch. Aufmerksamkeit will gelernt und geübt sein. Wenn ich morgens meinen Sohn auf den Schulhof bringe und seine Klassenkameraden begrüße, blickt mich mehr als die Hälfte der Kinder stumm, starr und erschrocken an: Was will der denn von mir? Freundlich sein ist überhaupt nicht cool. Schweig, Bub! Bleibe für dich, halte dich raus! Stoffel werden nicht geboren, sie werden erzogen.

„Vielleicht ist das alles nur Unsicherheit oder die Angst, aufdringlich zu sein", mutmaßt eine Kollegin. Sie trennt gar nicht viel von meiner Tante. Die Unsicherheit ist nichts anderes als das Ergebnis von zu wenig Übung, von Nichtwissen, wie man sich verhalten soll: Wenn ich nichts tue, tue ich auch nichts Falsches. Und doch brauchen wir alle Wärme, Nähe und ein Stückchen Aufmerksamkeit. Möglicherweise denken Sie jetzt gerade: Der Mann hat Sorgen, gibt es denn nichts Wichtigeres mitzuteilen? Natürlich gibt es Wichtigeres, zum Beispiel den Kampf gegen Gewalt. Nur: Wie soll ich es schaffen, in der Straßenbahn Partei für einen angepöbelten Fremden zu ergreifen, wenn ich es als die natürlichste Haltung begreife, meine Mitmenschen zu ignorieren? Guten Tag allerseits!

Von Bauern, Piraten und der Sehnsucht nach Glück

Eine gute Fee stellt Sie vor die Wahl zwischen zwei Geschenken: Ein gewinnträchtiger, lebensfähiger Bauernhof oder ein solides, hochseetüchtiges Schiff? Wofür würden Sie sich entscheiden?

Mein Freund Jürgen behauptet, es gebe nur wenige Fragen, mit denen er mehr über seine Mitmenschen erfahre als mit dieser. Wer ohne langes Nachdenken den Hof wählt, glaubt Jürgen, sei tief im Innersten ein Bauer, eine Bäuerin. Bauern sind sesshaft. Sie fühlen sich am wohlsten, wenn die Welt geordnet ist. Sie arbeiten am besten, wenn ihnen ihre Aufgabe bekannt ist. Sie kennen ihren Besitz. Sie können die Qualität der Böden einschätzen. Sie sind zufrieden, wenn alles im Wechsel der Jahreszeiten seinen Lauf nimmt und sich die Überraschungen in Grenzen halten. Wer lieber zur See fährt, meint Jürgen, sei ein Pirat. Seeräuber sind unstet. Sie wissen, dass es anderswo Neues, Besseres, Schöneres zu entdecken gibt. Überraschungen ängstigen sie nicht. Dafür nehmen sie Risiken in Kauf. Nur vor der Langeweile des ewig Gleichen fürchten sie sich.

Jürgen ist davon überzeugt, dass der alte Teil unseres Gehirnes – das Stammhirn – unser eigentliches Programm enthält. So oder so. Und daran habe sich seit Urzeiten wenig geändert. Die jüngeren Teile unseres Denkapparates, die wir Menschen uns in den vergangenen paar hunderttausend Jahren angeeignet haben, würden uns nur dazu verleiten, gegen unsere wahre Natur zu leben. Aus Liebe zum Beispiel: Piratin liebt Bauern und wird sesshaft. Nur in ihren Träumen segelt sie noch um die Welt. Ein Wandervogel, der sich selbst im Käfig gefangen hält.

Ein anderer lebt als eigentlich reviertreuer Dachs ganz ohne Bau, als sei er auf der Flucht – des beruflichen Erfolges wegen: Der Bauer macht als Vertreter Karriere, ist ständig auf Achse. Im Stillen sehnt er sich, weil er eben kein Pirat ist, nach dem Glück am eigenen Herd.

Zunächst fand ich Jürgens Entweder-oder-Frage ganz originell. Inzwischen glaube ich, sie stammt aus irgendeinem Psychoratgeber von der Sorte „Menschenkenntnis leicht gemacht". Der Gedanke klingt überzeugend: Glücklich ist, wer mit sich selbst, mit seiner eigentlichen Bestimmung im Reinen lebt. Aber: Wer schafft das? Wer sind wir selbst?

Sind wir tatsächlich zu einem einzigen Leben vorbestimmt, als Bauer oder Pirat, das wir dann „unsere Natur" nennen? Bekanntlich träumen gerade leidenschaftliche Seeräuber hin und wieder davon, an Altersschwäche und im eigenen Bett zu sterben.

Wir leben nach unseren Möglichkeiten und in der Differenz zu unseren Wünschen. Und zwar jeder in einem anderen Mischungsverhältnis, das sich von Tag zu Tag verändert. Wir sind keine Typen mit einem festgelegten Urprogramm. Jeder Mensch ist ein Einzelstück.

Die unerfüllte Sehnsucht ist die Triebfeder der Wunschträume. Wer des Guten zu viel hat, wird es leicht gering schätzen. Und von dem, was wir wollen, haben wir im Alltag nur selten genau die richtige Menge, manchmal zu viel, meistens zu wenig. Ich kenne glückliche Naturen, aber niemanden, der wunschlos glücklich ist. Ist nicht gerade die Sehnsucht nach Vollkommenheit typisch menschlich, oder anders gesagt: die Suche nach dem Paradies? Sie ist uns aufgegeben, seit Adam und Eva den Apfel vom Baum der Erkenntnis begehrten, das Einzige, was ihnen verwehrt war: Das gilt für Bauern wie für Piraten.

Die Vernunft – ein böser Scherz vom lieben Gott?

Falls es dich gibt, lieber Gott, rette meine Seele, falls ich eine habe. Auch den überzeugtesten Atheisten kann auf dem Sterbebett noch der Zweifel heimsuchen, ob mit dem Tod wirklich alles aus sein soll. An das Nichts zu glauben ist schwerer, als manche vermuten. Aber zuzulassen, außerhalb der uns zugänglichen Wirklichkeit sei jemand oder etwas, ist ebenfalls nicht leicht.

Eine Frau erzählt davon, dass sie bei der Hausarbeit hin und wieder mit ihrer verstorbenen Tochter rede. Unmöglich, kommentiert ihr Gesprächspartner, schließlich sei die Tochter tot. Höflich und taktvoll, aber deutlich rät der Mann der Frau, sich doch mal in psychiatrische Behandlung zu begeben. Wahrscheinlich leide sie einfach unter einem nicht verarbeiteten Trauma im Zusammenhang mit der Tochter.

Stellen Sie sich endlich der Realität! Ja, so hat er sich von der verwaisten Mutter verabschiedet, was mir der Mann, ein Sportsfreund, stolz und Zustimmung heischend berichtet. Ich möchte von ihm wissen: Was heißt Realität? Na, Wirklichkeit natürlich! Du stellst Fragen!

Klar, gleich noch eine: Woher will er wissen, dass das Gespräch der Frau mit ihrer Tochter außerhalb der Wirklichkeit stattfindet? Du also auch!, verrät sein Blick. Er ist Ingenieur! Er kennt die Naturgesetze. Gut, räumt er ein, die Existenz eines Jenseits oder des lieben Gottes lässt sich rational weder beweisen noch widerlegen. Daraus zieht der Mann den Schluss: Was sich rational nicht klären lässt, sollte uns nicht aufhalten. Er setzt also Wirklichkeit gleich mit dem, was er mit der Vernunft erfassen und erklären kann? Ja, antwortet der Ingenieur, ich lebe in einer rationalen Wirklichkeit; ich bin ein Vernunftwesen.

Warum aber glaubt er dann an so viele „unvernünftige" Dinge? Zum Beispiel, dass seine Frau die einzig Richtige für ihn sei und das seit mehr als 20 Jahren. Oder: dass man mit dem Trennen des Mülls einen Beitrag zur Vermeidung der Umweltkatastrophe leisten könne. Die Statistiken jedenfalls hat er nicht auf seiner Seite. Okay, antwortet er, mit meiner Frau verhält es sich so: Wir haben viel zusammen erlebt, wir sind alte Kameraden. Wir wissen, was wir aneinander haben. Wir lieben uns eben!

Und mit dem Müll, das sei ein ganz anderes Thema. Solange noch ein Fünkchen Hoffnung bestehe, müsse er etwas tun. Er könne nicht untätig zuschauen, wie der Karren gegen die Wand fahre. So trenne er eben Joghurtbecher von Hühnerknochen, selbst wenn die Wahrscheinlichkeit gering sei, dadurch den Lauf der Dinge zu verändern.

Ein Liebender, ein Hoffender, ein Glaubender gerät in die Gegenden der Wirklichkeit, die nicht im Weltatlas des Verstandes zu finden sind. Regionen unseres Seins, in denen wir darauf hoffen dürfen, dass die Menschheit ihren eigenen rationalen Erkenntnissen nicht bis zum bitteren Ende ausgeliefert ist.

Wer liebt oder auf Rettung hofft, akzeptiert den Tod als Teil der Wirklichkeit – nicht weniger, aber auch nicht mehr.

Falls es dich gibt, lieber Gott, danke ich dir für das Geschenk der Vernunft, falls es sich dabei nicht um einen bösen Scherz handelt. Auf dieses Gebet einigen wir uns, mein alter Sportsfreund und ich. Und müssen lachen.

Wenn der Anstand abdankt, wird das Leben schön

Sie lieben einander. Und die ganze Welt soll daran teilhaben. Er fühlt sich wie neugeboren. Und sie ist dankbar, dass sie das mit 50 noch einmal erleben darf. Es ist wie im Traum, sagen sie. Deshalb leben sie nun zusammen. Hochzeit? Noch nicht, später vielleicht. Es gibt da ein Problemchen. Sie beide sind noch verheiratet. Und zwar jeweils mit einem anderen Partner.

Solches vermeldend zeigten Bundesverteidigungsminister Rudolf Scharping und seine Freundin Tina Gräfin Pilati-Borggreve strahlende Gesichter in Alfred Bioleks Talkshow vor. Der kunstsinnige Gesprächsmeister assistierte gerührt und überwältigt. Die Liebe ist eine Himmelsmacht. Egal wie ihr lebt, Hauptsache ihr fühlt euch wohl dabei, schwebte als Motto über dem Sermon liebenswürdiger Belanglosigkeiten. Zwischendrin wurde natürlich auch des Noch-Gemahls und der amtierenden Frau Scharping gedacht. „Jutta hat sich sehr großzügig verhalten", lobte der untreue Rudolf. Großartig, gab großäugig Bio als Nachschlag. Schließlich sind da noch die Kinder, drei Scharping-Töchter und ein Pilati-Sohn. Prächtige Kinder, die einander, natürlich, prächtig verstehen. „Toll", unterstrich andächtig der Gastgeber.

Kann denn Liebe Sünde sein, fragte einst Zarah Leander mit nuklear-erotischer Altstimme. Die Urenkel grüßen achselzuckend: Natürlich nicht! Die Romantik in den Zeiten der Postmoderne zahlt nur in großer Münze. Und das sind eben die wahren, die echten Gefühle. Der halten keine Verträge stand.

Nichts gegen die Gefühle, auch gegen neue nicht, wenn sich die alten in Wehmut und Kälte verflüchtigt haben. Aber ein wenig Anstand wäre doch nicht schlecht, ein bisschen Respekt vor dem, was man einst hoch und heilig, tief und ernst unterschrieben und mit einem Ja bekräftigt hat. Die Einladung des lieben Bio hätten die Gräfin und ihr Minister doch auch so beantworten können: Wir kommen gerne; aber erst, wenn unsere Ehen geschieden sind. Wir möchten unser neues Glück erst zur Schau stellen, wenn wir von unseren alten Versprechen entbunden sind.

Gefühle sind urmenschlich. Menschlichkeit lässt sich auf ihnen allein nicht bauen. Eine humane Gesellschaft muss die Willkür der Gefühle begrenzen. Sie muss für Verlässlichkeit sorgen, die auch dann gilt, wenn jemand keine Lust mehr hat. Um einander vor den wilden und jähen Wetterwechseln aufwallender Gefühle zu schützen, haben Menschen schon in grauer Vorzeit Abmachungen und Vereinbarungen erfunden. Darüber hinaus haben sie Anfang und Ende dieser Bindungen mit Zeichen und Ritualen gekoppelt: das Jawort, die Unterschrift, die Laufzeit des Vertrages, die Kündigung, die Kündigungsfrist, die Lossprechung.

Im persönlichen Leben nennt man die Kündigungsfrist auch Schamfrist. Darin steckt der Sinn für die Trennung von altem Ende und neuem Anfang, für ein Innehalten. Diese Pause erleichtert es den Beteiligten wie den Mitmenschen, sich auf die geänderten Verhältnisse einzustellen.

Natürlich kann man schamlos gut durchs Leben kommen und einfach tun, wozu einen die Gefühle leiten. Erst recht wenn Bio, der Messdiener des Kuschelgottes, dazu Weihrauch spendet. Trotzdem schade, wenn das Gespür für Grenzen erlahmt und der Anstand abdankt, sobald die Glücksdrogen Sturm und Drang wirken.

Stadtluft macht frei und Dorfmief hält warm

Stadtbewohner sind ehrlich, sparsam und unaufdringlich. Wer einander nicht kennt, grüßt auch nicht. Wozu eine freundliche Miene an Wildfremde verschwenden? Wir hasten aneinander vorbei. Ein Blick und wir werden uns nie wieder begegnen. Ob in düsteren Straßenschluchten, in hell erleuchteten Konsumburgen, in miefig engen Bussen und Bahnen oder in der klimatisierten Ruhe von Museen und Galerien: Der Zauber der Anonymität schützt uns davor, einander wahrzunehmen. Wir würden wahnsinnig ohne diesen Bann. Oder wollen Sie jeden Tag ein ganzes Stadion voller Leute grüßen?

Richtig allein sein kann man ohnehin nur in der Menge. Die Freiheit beginnt dort, wo die Mitmenschen einen gewähren lassen. Wen kümmert es im Zug der Hunderttausende, ob einer sich die Haare grün gefärbt hat, armselig oder protzig gekleidet ist? Sich als Individuum zu begreifen, gelingt am besten, wenn man die Mitmenschen als Masse erlebt, als Kulisse für die eigene Existenz.

Die Hölle, meinte der französische Philosoph Jean-Paul Sartre, das seien die anderen. In den Dörfern, in Kleinstädten oder auf dem Kiez, wo jeder jeden kennt, kann man seinen Nächsten nicht entgehen. Sie treten als Personen auf, mit Namen und Gesicht und mit ihrer ganz persönlichen Geschichte.

Wie anstrengend Gemeinschaft sein kann, wenn man einander dauernd die Tageszeit ansagen muss! Guten Morgen, gute Nacht – und dazu lächeln, bitte! Wenn einer nicht grüßt in der Siedlung, wo ihn alle kennen, dann wird spekuliert: Wohl nicht gut drauf heute; war gestern vielleicht ein langer Abend; hat wahrscheinlich Eheprobleme, der Gute!

Nähe und Gemeinschaft sind keine Harmonieveranstaltung, sondern höllisch anstrengend. Es ist schwer, ehrlich muffig und muffig ehrlich zu bleiben, wenn der Nachbar beim Schneeschippen oder Heckeschneiden ins Gespräch kommen möchte. Der will mich sowieso nur ausfragen.

Ich habe Freunde, Stadtbewohner, die fahren jedes Jahr ins selbe österreichische Dorf in Urlaub und freuen sich daran, wenn die Bäckersfrau sie mit Namen grüßt: So, seid ihr wieder da! Und dann erzählt sie, dass die Oma gestorben und sie jetzt selbst eine geworden sei, weil ihre Tochter eine Tochter bekommen habe. Meine Freunde sagen: Wir gehören bei denen fast zur Familie. Sie sind stolz darauf.

Ich habe Freunde, die leben in einem fränkischen Dorf. Sie finden Großstadt herrlich und genießen die Freiheit, mindestens dreimal jährlich eine Woche nach London, Hamburg, Paris oder New York zu düsen. Was das Last-Minute-Flugangebot eben an Schnäppchen hergibt. Dieses Gewimmel, dieses Flair. Sie glauben daran: Stadtluft macht frei.

Wenn es uns gut geht, sind wir zur Freiheit geboren. Wir wollen nicht gestört werden. Aber in der Masse als Kranker allein zu sein, ist die Hölle. Dann braucht der Mensch Nähe und Liebe. Und nimmt dafür Neugier und soziale Kontrolle in Kauf.

Heute Morgen habe ich eine Verkäuferin in einem Hamburger Warenhaus erschreckt. Ich habe ihr muffiges Gesicht angestrahlt und laut „Guten Morgen!“ trompetet. Und sie hat tatsächlich zurückgelächelt. 50 Mal am Tag wird ihr das nicht gelingen. Gut, dass nicht jeder so aufdringlich ist wie ich!

Von Daniel, der sich unheimlich aufbrezelt

Eine Einladung bei alten Freunden. Im Treppenhaus die Blumen ausgepackt, das Töpfchen mit selbst eingemachtem Quittengelee und den Chianti unterm Arm. Das mögen sie, wir wissen es. Sabine öffnet. Die Schuhe – ja, wir wissen: Der Kongress tanzt auf Socken. Der Teppichboden war ja so teuer!

Zwölf Jahre waren wir nicht mehr bei Sabine und Jo. Es hat sich einiges verändert. Die Björns und Billys von der Ikea-Regalfront sind desertiert. Massive Buchenbretter tragen an ihrer Stelle den linksliberalen Buchbestand.

Das Wohnzimmer vermittelt solide Bürgerlichkeit. Eine langstielige Rose leuchtet vom Klavier. Wo einst die Poster von Pink Floyd und San Francisco hingen, schaut uns heute streng Sabines Großmutter in Öl entgegen nebst einem Aquarell der Elblandschaft bei Dresden. Behaglich die Sitzmöbel. Die Matratzen, auf denen man einstens lagerte, konnten die Rotweinflecken nicht mehr aufnehmmen, spöttelt Jo halb selbstironisch, halb verlegen. Sie machten einer Couchgarnitur mit Beistelltischchen Platz. Sabine und Jo sind angekommen in der Behausung, die einem Mittvierzigerehepaar gebührt. Alles stimmt.

Stimmt wirklich alles? Das frage ich mich heimlichst, während Jo launig von Daniel, dem Erstgeborenen der beiden, erzählt. Der macht eine Lehre bei der Bank. Mit gutmütigem Spott fällt ihm Sabine ins Wort: „Neuerdings brezelt er sich unglaublich auf. Gel im Haar und so. Liegt wohl an seiner neuen Freundin. Claudia – eigentlich eine nette Person. Die kommt aus einer Familie, in der das Äußere unglaublich wichtig ist." – „Neues Geld", fügt Jo verschwörerisch hinzu, „kommen übrigens nachher auf einen Sprung vorbei und liefern Daniel ab. Waren übers Wochenende zusammen."

Wenig später stehen Lucie und Hermann, Claudia und Daniel tatsächlich im Zimmer. Den Jungen erkenne ich mit Mühe wieder. Er war höchstens zwölf, als wir uns zum bisher letzten Mal gesehen hatten. Daniel trägt eine schicke Kombination, schwarze Hose, schwarzer Rolli, silbergraues Jackett. Auf Taille geschnitten. Er kann das tragen. Gepflegte Frisur, feiner Oberlippenbart und – tatsächlich – ein wenig Gel im Haar. Wenn vorher nicht die Rede davon gewesen wäre, hätte ich es wohl nicht bemerkt. Er hat es also gut dosiert.

Und Claudia? Trägt ein klassisches Kostüm mit einem schlichten Seidenschal. Die junge Frau hat Geschmack. Wie übrigens auch die Eltern. Hermann mit einem beigefarbenen Kamelhaarsakko, dunkelgrauer Hose, bordeauxrotem Hemd. Lucie im blauen Rock mit passendem Pullover, von dem eine alte Brosche blinkt. Was ist an denen aufgebrezelt, frage ich mich nun wirklich ratlos?

Dann sehe ich die Antwort. Ich brauche nur Jo und Sabine anzuschauen. Immer noch dieselben Pullis wie vor zwanzig Jahren, immer noch die gleichen Bluejeans. Die letzten Delegierten der Modefraktion aus dem WG-Zeitalter. Das Einzige, was Sabine je mit ihren Haaren veranstaltet hat außer dem Hausmacherhaarschnitt, war, es mit Henna zu färben. Nun hängen ihr halblang und halbgrau die Strähnen vom Haupt. Bei Jo sind sie weniger zahlreich und ganz grau um seine Glatze gruppiert.

Nichts gegen modische Verweigerung und den Mut zur Unansehnlichkeit, zur Farblosigkeit. Ich für meinen Teil bin froh über all die Familien, in denen die nächste Generation zeigt, dass gutes Aussehen keine Sünde und kein unbezahlbarer Luxus ist. Kein Italiener oder Portugiese aus einfachsten Verhältnissen würde sich in Jos Pullover auf die Straße begeben oder gar Gäste einladen. Der

Körper ist der Tempel der Seele, schrieb schon der Apostel Paulus. Wer ihn pflegt und schmückt, dankt seinem Schöpfer.

Falls Sie der Meinung anhängen, wer sich schön macht, sei oberflächlich: Ich habe mit Daniel an diesem Abend ausgiebig über aktive Sterbehilfe gestritten. Es war ganz schön anstrengend – der Kerl zeigte sich informiert.

Mein Bestes bekommt ihr nicht!

Einen Satz mag ich seit frühester Kindheit nicht hören: „Wir möchten doch nur dein Bestes!" Gerne haben ihn Lehrer gesprochen, meist am Ende von fruchtlosen Diskussionen, während derer sie mich dazu veranlassen wollten, mein Tun und Lassen an ihren Maßstäben auszurichten. Sie formulierten diesen Satz mit einem ermüdeten, gleichzeitig aber beleidigten Unterton, als würden sie meinen Mangel an Einsicht in ihre edlen Absichten als Angriff, als boshafte Verweigerung, als freche Renitenz ansehen.

Dieser Ton des guten Menschen, der einem störrischen Dummkopf gegenübersteht, machte mich vollends zornig. Bis ich mir schließlich angewöhnte, grundsätzlich jeden klagenden Appell, man wolle nur mein Bestes, mit dem Antwortkalauer „Das bekommen Sie aber nicht!" zu kontern. Von dem Augenblick an, da mir diese Replik zu Gebote stand, ging es mir besser. Wie ein Schlag auf die Nase wirkte diese kleine, giftige Sottise. Achselzuckend, so erinnere ich mich, machte Studienrat G. einmal auf dem Absatz kehrt, nachdem er mir gerade noch in einer länglichen Suada nahezubringen versucht hatte, dass ich dringend zum Friseur müsse. „Du willst es nicht anders", zischte er dabei, verstummte und nahm übel.

Nein, ich wollte es nicht anders. All die aufdringlichen, in ihren eigenen Augen lebensklugen Leute, die mich zu regelkonformem Verhalten überreden wollten, verstärkten nur eines: meine Sehnsucht nach einer eigenständigen Position, nach Abgrenzung, nach Individualität. Manchmal wusste ich in meinem Trotz sehr gut, dass mein Auftreten angreifbar war.

Als ich meinen Schulleiter – ich mag sechzehn, siebzehn Jahre alt gewesen sein – in einem Disput aufforderte, seine moralischen Ergüsse für sich zu behalten, schrie er: „Ich prophezeie dir, du wirst in der Gosse landen oder in der Baader-Meinhof-Bande!" Das war 1973 starker Tobak. Ich radelte nach Hause, verbarrikadierte mich in meinem Zimmer und hörte „Born, to be wild" von Steppenwolf.

Mir fiel das alles wieder ein, als mich meine Cousine Barbara neulich bat, ihrer Tochter Nora deren neuen Freund auszureden – „Auf dich hört sie, das weiß ich!" Irgendwie wollte ich nicht, obwohl ich Barbaras Einschätzung von dem jungen Burschen teilte: ein unangenehmer Typ! „Tja, ich weiß nicht ...", hörte ich mich sagen, „ich wüsste nicht, wie ich anfangen sollte." Barbara sehr wohl: „Sag ihr doch einfach, du wolltest nur ihr Bestes! Dir glaubt sie das!"

Die Heftigkeit, mit der ich ablehnte, überraschte Barbara. Ich erzählte ihr daraufhin meine Geschichte, die sie nicht verstand: „Was ärgert dich so daran, wenn es jemand gut mit dir meint?" Ich habe lange darüber nachgedacht. Wahrscheinlich ärgert mich der Mangel an Vertrauen, der in der Botschaft steckt, mein Bestes zu wollen: Ich will dein Bestes und ich weiß, was das ist. Du weißt es nicht. Du machst Fehler. Folge mir! Vielleicht stört mich auch die mitschwingende Angst, die Kontrolle zu verlieren, nur weil sich der oder die Schutzbefohlene nicht am Bilde des Erziehenden orientiert. Oder es nervt mich einfach der plumpe Versuch, mich moralisch unter Druck zu setzen, nachdem der Besserwissende mit seinen Argumenten gescheitert ist.

Meine Cousine fragte: „Und was würdest du an meiner Stelle zu Nora sagen?"– „Am besten nichts, wenn ich meinem Gefühl folge. Darauf vertrauen, dass die junge Dame des Kerls bald überdrüssig wird. Und wenn sie fragt, wie du ihn findest, kannst du immer noch erklären: Mein Typ ist er nicht, aber schließlich ist er ja auch dein Freund!" Übrigens: Meinen alten Direktor traf ich Jahre später bei einem Besuch in meiner Heimatstadt zufällig auf dem Markt. Sein Bekenntnis, „Sie haben uns Lehrern das Leben ganz schön schwer gemacht“, fand ich in Ordnung. Und er lachte, als ich antwortete: „Sie mir meines aber auch!“ Dann fügte er leider mit fürsorglicher Miene hinzu: „Das mögen Sie so empfunden haben. Wir wollten doch nur Ihr Bestes!“

Ein Hoch auf die bürgerliche Mischpoche!

Die Mischpoche, die Verwandtschaft, hat mich von Kindheit an manchen Nerv gekostet. Besonders dann, wenn sie Feste feierte. Und damit meine ich nicht nur den eigenen Clan, sondern auch die Familien meiner Freunde. Keine Feier ohne Reden – der Vater der Braut, der älteste Onkel, die liebste Tante. Kein Fest ohne musikalische Einlagen – zum Klavierspiel missmutig dreinblickende Cousinen, das Cello malträtierende Neffen, schräg blockflötende Nichten, der Schwager mit der selten benutzten Trompete, Onkel Willi mit der Quetsche. Jede Hochzeit – grün, silbern oder golden – mit mindestens zwei Sketchen, mit kabarettistischen Soli von Vetter Jörg und Tante Trudel. Und ich selbst oft genug mittenmang als Laudator, als Parodist. Familienfest – das hieß: volles Programm. Dazu kamen dann noch spontane Einlagen.

Warum ich das anstrengend fand? Ganz einfach: Erstens war es meistens zu viel, sodass man kaum zum Quatschen kam. Was doch eigentlich der Sinn solcher Treffen ist. An Tanzen war häufig erst nach Mitternacht zu denken. Und zweitens war die Mischung oft genug kein Glücks-, sondern eher ein Unglücksfall. Gerade hatte Onkel Heini noch mit amateurhistorischem Ernst die Gene des gemeinsamen Ururgroßvaters gerühmt, mit denen wir Heutigen so glücklich gesegnet seien, da las Tante Berta ohne Rücksicht auf die Stimmung ihr sentimentales Lieblingsgedicht vor. Und dann reimte Vetter Michel Verse ohne Maß und Regel: Wie schön, dass wir zusammen sind / wie auf dem Griesbrei Zucker und Zimt. / Neffe, Tante, Onkel / bei Tag und auch im Dunkeln! Da wachsen einem sensiblen Menschen Geschwüre im Gehörgang. Applaus war trotzdem Ehrensache. Er hatte sich doch so bemüht! Diese Feiern waren für mich die Ausgeburt des Bürgerlichen an und für sich. Ob groß-, klein- oder bildungsbürgerlich – so gehörte sich das eben, das gehört zur Kultur.

Wie oft habe ich mir im Stillen gedacht, ein runder Geburtstag oder eine Hochzeit mit weniger Programm, das wäre mehr, das wäre schön.

In den vergangenen Jahren bin ich nun häufiger Gast bei Feiern und Festen gewesen, die auf solchen aufdringlichen Schnickschnack völlig verzichteten. Ganz locker kamen die Leute, niemand stellte sie einander vor und sie selbst taten es auch nicht. Tischordnung? Als Ausweis der Gestrigkeit abgelehnt!

Wer einander kannte, hockte zusammen und beschränkte sein Kommunikationsbedürfnis konsequent auf die drei, vier Leute in nächster Nähe. Dann griff man zum Glas, zu Messer und Gabel, trank und spachtelte. Irgendein bestellter Disco-Frieder blies dann ab zehn sein CD-Arsenal in den Raum. Tanzen oder rausgehen und eine rauchen? Ab elf Uhr bröckelte es. Die einen verschwanden nach Hause, die anderen in den Suff. Den Gastgebern zugenickt – schön war's – und aus den Augen, aus dem Sinn. An solchen Abenden befällt mich geradezu Heimweh nach der bürgerlichen Mischpoche. Selig sind, die Reden halten, musizieren, einander loben und ehren. Und ich sehne mich nach der vermaledeiten Tischordnung. Die zwang einen, sich mit Menschen zu unterhalten, die man nicht näher kannte. Es kamen oft genug leidlich gute bis interessante Gespräche dabei heraus und wenn ich das richtig überschlage, sogar zwei, drei neue Freundschaften fürs Leben.

Ich erinnere mich wehmütig an Onkel Hermanns Begrüßungsrede, in der er erklärte, wer warum heute da sei: Da drüben sitzt Franz mit seiner Frau, wir kennen uns von der Schule. Mit Brigitte und Olaf am zweiten Tisch spielen wir jeden Mittwoch ein Tennisdoppel. Ganz besonders freut es mich, dass Arnd gekommen ist, der Sohn meines Lieblingscousins. Geriet grundsätzlich zu lang, diese Begrüßung. Aber die Schnittstellen für Kontakte schuf der Onkel damit. Du bist also Bernhards Sohn. Und was machst du?

Gar nicht so schlecht – die bürgerliche Festkultur, selbst dann, wenn sie gelegentlich übertreibt.

„Was bringt mir das?"

„Der eine isst gern Backsteinkäse, und der andere geht gern in die Kirche." Das war Großvaters Version der Spruchweisheit vom Alten Fritz, in Preußen könne jeder nach seiner Façon selig werden. Großvater murmelte den Satz achselzuckend, wenn sich Onkel und Tante in den 60er Jahren über ihren Sohn Manfred beklagten, weil der Junge Heavy Metal hörte, anstatt seine Klavieretüden zu klimpern. In Großvaters Tonfall lag eher Resignation als Toleranz.

„Was willste machen? Die sind halt anders als wir!" Vetter Manfred hört sich stark nach Großvater an, wenn er erzählt, dass Tochter Julia „nichts von Politik wissen will", ihr Studium nicht sonderlich begeistert, aber konsequent durchziehe, Wert auf ihr eigenes Auto lege und gleichzeitig für Greenpeace spende. Haupt- und Nebenwiderspruch? „Wenn du meine Tochter nach Karl Marx fragst, dann fragt sie zurück, ob das einer der Marx Brothers sei." Und eines geht Manfred gewaltig auf die Nerven: „Wenn ich meine Tochter auffordere, sich doch ein bisschen zu engagieren, wenn schon nicht politisch, dann wenigstens sozial oder kulturell, kriege ich immer dieselbe Antwort: Was bringt das?"

Wenn das so weitergehe mit dieser Gesellschaft, unkt Manfred gerne nach einem nostalgischen Gläschen Rioja im „Costa del Sol", sei bald alles verloren, „was uns nach '68 wichtig war. Jeder macht nur sein Ding. Die Gesellschaft bricht auseinander."

Generationen bilden Erinnerungsgemeinschaften (der Begriff stammt von dem amerikanischen Soziologen Robert Bellah). Aus der Verklärung der eigenen Jugend speist sich eine kollektive Identität, die spielend soziale, weltanschauliche oder politische Unterschiede überbrückt. Der Mythos „Aufbau“ hält bis heute die Flakhelfergeneration zusammen. Der Mythos „Aufbruch“ verbindet immerhin noch viele der heute 40 bis 55 Jahre alten Kinder von „Karl Marx und Coca-Cola“.

Im Mythos spiegelt sich die gemeinsame Antwort auf die Frage nach dem Sinn des Lebens. Für die „Flakhelfer“ – wie auch für die Bürger der ehemaligen DDR – hieß dieser Sinn schlicht Überleben. Für die 68er ging es um Verändern und Verbessern.

„Individualisierungsschub“, „neue Unübersichtlichkeit“, „Entpolitisierung“ lauten die Formeln, mit denen die Chronisten versuchen, der gegenwärtigen Gesellschaft nahezukommen. Meist schwingt dabei ein negativer Klang mit: Egoismus, soziale Kälte, Berechnung statt Mitleid, Solidarität und Gerechtigkeit. Und verantwortlich dafür machen die Kulturpessimisten die Reizüberflutung auf dem riesigen Erlebnismarkt.

Auf der Suche nach dem Sinn ihres Daseins, so formuliert es der Bamberger Soziologe Gerhard Schulze, sind die Deutschen in der „Erlebnisgesellschaft“ angekommen. An die Stelle des „Überlebens“, analysiert Schulze, sei als herrschendes Prinzip das „Erleben“ getreten: „Der kleinste gemeinsame Nenner von Lebensauffassungen in unserer Gesellschaft ist die Gestaltungsidee eines schönen, interessanten, subjektiv als lohnend empfundenen Lebens.“

So paradox es klingen mag: Weil die meisten Deutschen fest darauf vertrauen, ihr ganz persönliches Glück in dieser Gesellschaft realisieren zu können, sind die Verhältnisse so stabil. Zwar sind die Möglichkeiten für die allermeisten nicht unbegrenzt; sie reichen aber aus, ein Grundgefühl von Freiheit und Zufriedenheit zu erzeugen. Die bundesdeutsche Identität besteht darin, dass es sie eigentlich nicht mehr gibt, dass die sie tragenden Milieus viel an Verbindlichkeit verloren haben.

Man ist Mensch, Freund, höchstens noch Bürger. Man wechselt die Verbindungen und Milieus. Wer Mitglied in der Feuerwehrkapelle ist, kann durchaus zu den Besetzern der neuen Sondermülldeponie gehören, Anhänger von Borussia sein, Bergwanderer, Technofreak und Hacker. Identitäten sind nicht mehr durch die Herkunft gegeben. Man bastelt sie sich immer wieder neu.

Der coole Umgang mit den Sinnangeboten ist weder abstrus noch krank oder gar gefährlich. Das Gesetz der immer komplexer werdenden Erlebnis- und Informationsgesellschaft heißt tagtäglich Zwang zur Wahl. Die triviale Wahl zwischen TV- und Radiokanälen, Waschmitteln, Urlaubsorten und Unterhaltungsangeboten. Die folgenreiche Entscheidung, welche Lebenschancen man nutzt und welche nicht.

Jeder und jede kann hier glücklich werden – also alles in Ordnung? Schon wieder ein Paradoxon: Niemand kann sein Glück ohne die Existenz anderer finden. Und seien es auch jene anderen, vor denen er sich zurückzieht. Die politische Aufgabe besteht darin, möglichst allen Mitgliedern der Gesellschaft persönliche Spielräume zu öffnen oder zu erhalten. Ein bescheidenes Ziel, gemessen an den alten Wunschträumen, das Glück aller zu definieren und die Gemeinschaft auf dieses Ziel hin in Marsch zu setzen.

Freie und gerechte Rahmenbedingungen für die verschiedenen Lebensvorstellungen gedeihen nicht, wenn sie die Sache von Bürokratien und Institutionen sind. Wer für sich selbst etwas will, muss sich für die Bedürfnisse der anderen interessieren. Wem die Freiheit des Nachbarn gleichgültig ist, der gefährdet seine eigene. Mit dem Prinzip „Jeder denkt an sich, nur ich denke an mich" ist eben nicht an alle gedacht.

Die Freiräume für den persönlichen Weg durchs Leben bleiben nur erhalten, wenn dieser Weg über das eigene Ich hinausweist. Selbstverwirklichung sei nur zu erreichen, wenn man sie als Ziel vergesse und sich einer Aufgabe verschreibe, meint der Altmeister der Psychotherapie Viktor E. Frankl. In gewissem Maße gilt dies auch für die Zukunft der offenen Gesellschaft. Im freiwilligen, im ehrenamtlichen Dienst, in der freien Selbstverpflichtung, in den mannigfaltigen Verantwortungsgeflechten zwischen den Verfechtern unterschiedlichster Existenzformen liegt ein immenses Potenzial zur Vermehrung der Lebenschancen aller und zur Begrenzung der Risiken.

Die Herausforderungen an Staat und Gesellschaft sind komplex und vielfältig. Mit überall anwendbaren, einfachen und allgemeinen Rezepten – den Ideologien – kann man sie nicht bestehen. Die vermeintlichen großen Menschheitsbeglücker sind in diesem Jahrhundert allesamt mehr oder minder blutig gescheitert.

Ob Arbeit oder Bildung, Umwelt oder Gesundheit: Die Deutschen tun gut daran, ihre Gesellschaft als Markt der Ideen und Entwürfe zu betrachten, auf dem sie nicht nur als Konsumenten, sondern auch als Produzenten in Erscheinung treten.

Wenn sich möglichst viele von ihnen in Konkurrenz und Kooperation über das eigene Schicksal hinaus im Geiste der Fairness engagieren und einmischen, wächst die Zahl der brauchbaren Lösungen, von denen wiederum die Einzelnen auf der Suche nach dem sinnvollen Leben profitieren.

Genauso wenig wie Egoismus zur Selbstverwirklichung taugt, dient die Unterordnung unter einen angeblich gesellschaftlichen Sinn dem gemeinsamen Nutzen. Der Dienst an der Nation oder die verstaatlichte Solidarität haben sich mehrfach als leere Worthülsen erwiesen.

Eliten und Funktionäre haben es immer wieder verstanden, ihre Mitmenschen damit zu beeindrucken und gegen die Freiheit zu organisieren. Erst als die Führer ihre Versprechungen nicht einlösen konnten, wurden sie als Verführer durchschaut. Die Lebensqualität einer Gesellschaft freier Menschen zeigt sich im Konkreten.

Die Frage der Nichte Julia zeugt von gesundem Menschenverstand, wenn man sie nicht als reines Konsumkriterium versteht und wenn alle sie stellen können: „Was bringt mir das?“

Ein Hauch von Mensch, eine Spur

Hugo Bernhardt verabschiedete sich in den Urlaub. Eine weite Reise sollte es nicht werden. Drei Wochen im Allgäu, wie in jedem seiner letzten acht Sommer. Ein wenig ausspannen.

Der 55-Jährige räumte seinen Schreibtisch auf. In der Schublade unten rechts verstaute er seine persönlichen Habseligkeiten: ein silbernes Zigarettenetui, die Bürobrille, ein paar Kopfschmerztabletten, ein Schächtelchen mit Groschen für den Kaffeeautomaten, Zahnseide, zwei Fotos von Kindern und Enkeln.

Dem Kollegen Overbek, mit dem er seit vier Jahren das Büro teilte, hinterließ er eine kleine Notiz: „Die Sache mit der Schmidt AG habe ich noch erledigt. Bei Rückfragen weiß Frau Kostner Bescheid. Den Vorgang Sütterle können wir nach meinem Urlaub besprechen. Halten Sie gut durch! Als Nächster sind ja Sie dran! Den empfohlenen Krimi von Ruth Rendell habe ich dabei. Bin gespannt, ob er mich auch so packt wie Sie! Na dann, bis in drei Wochen, Ihr H. B."

Hugo Bernhardt trat eine Reise ohne Wiederkehr an. Drei Tage vor Urlaubsende ereilte ihn ein tödlicher Herzinfarkt. „Völlig überraschend", wie es die geschockte Familie den Anzeigenverkäufer der Lokalzeitung formulieren ließ, „hat ihn der Herr über Leben und Tod aus unserer Mitte gerissen. In uns und für uns wird er lebendig bleiben." Und die Firma schloss ihren Nachruf: „Wir werden sein Andenken lebendig halten."

Als Nächster sind ja Sie dran! Diesen Satz hat Hermann Overbek auch nach 20 Jahren noch nicht vergessen. Nicht, weil er seine Ferien, auf die der Hinweis gemünzt war, hatte verschieben müssen. „Wenn mich damals einer gefragt hätte, wer als Nächster mit dem Sterben dran ist, auf den Kollegen wäre ich nicht gekommen. Als ich den Zettel las, musste ich grinsen. Ich hörte Bernhardt geradezu, seinen freundlichen, leicht ironischen Ton. Und ich dachte: Der streckt jetzt die Füße aus und amüsiert sich, während ich noch vier Wochen roboten muss."

Wir sind nur Gast auf Erden – das surrte Overbek im Kopf herum, als er dabei zusah, wie Bernhardts Sohn die Schublade unten rechts ausräumte. „Der Junge, eigentlich ein nüchterner Typ, Jurist soviel ich weiß, wurde von einem Heulkrampf geschüttelt, als er die paar Sachen in eine Plastiktüte stopfte." Overbeks erste Reaktion: „Ich habe die beiden Pornohefte entsorgt, die ich in meiner Schublade hatte. Die sollte meine Tochter nicht finden, wenn sie mal einer ähnlichen Aufgabe nachkommen müsste."

Brigitte Bernhardt brauchte mehr als ein Jahr, bis sie zuließ, dass ihre Kinder den Nachttisch des Ehemannes ausräumten. Hugos Anzüge blieben im Kleiderschrank. Sohn Paul: „Als Mutter nach drei Jahren in eine kleinere Wohnung zog, schickten wir sie in Urlaub, um endlich ausräumen zu können. Sie empfand es immer noch als grausam, dass wir Vaters persönliche Dinge wegschaffen wollten. Wir ließen sie vorher ein paar Erinnerungsstücke auswählen. Sie entschied sich für Papas gammelige Lieblingswollmütze und sein Rasierzeug. Seine Lieblingstasse, die ihr besonders wichtig war, ließ meine Schwägerin beim Einpacken fallen. Ich weiß bis heute nicht, ob das Absicht war. Der Elfi ging Mutters Museumskult, wie sie sich ausdrückte, ganz gehörig auf den Senkel."

Elfi bestreitet, die Tasse vorsätzlich zerbrochen zu haben, „aber es stimmt schon, dass mir diese Reliquiensammlung den Nerv raubte". Sie verstehe da eher ihre Großmutter. „Als mein Opa starb, machte meine Oma Tabula rasa. Sein Leichnam lag noch warm im Bett, da fing sie schon an, seine Klamotten in große Plastiksäcke für die Kleidersammlung zu stopfen. Einen Tag nach der Beerdigung warf sie das Ehebett raus und möblierte das Schlafzimmer neu." Jeden Anlass für eine schmerzliche Erinnerung wollte die alte Dame beseitigen. Ganz gelang es ihr nicht. „Beim Frühjahrsputz im Wohnzimmer tauchte eine von Großvaters Socken auf, die aus unerfindlichen Gründen im Sofa steckte. Da ist sie zusammengebrochen."

Einen Teil des Erbes seines Vaters kann Paul Bernhardt nicht wegräumen, er trägt ihn täglich mit sich rum. „Alle sagen, ich sähe meinem Vater unglaublich ähnlich. Wir haben ein Kriegsfoto von ihm, da war er Anfang 20. Mit dem könne ich beweisen, dass ich Soldat war, obwohl ich Zivildienst gemacht habe, sagt mein Bruder." Paul selbst sieht diese Ähnlichkeit nicht. Ja, es stört ihn, wenn alte Bekannte der Familie behaupten, er sei Hugo wie aus dem Gesicht geschnitten. „Als Kind hat es mich am meisten geärgert, wenn jemand behauptete, ich hätte Papas Nase. Das ist meine eigene, schrie ich dann."

Was bleibt dauerhaft vom Menschen? Ein paar durchgereichte Gene? Spuren von Erziehungsversuchen? Von Gustave Eiffel blieb ein Turm, der seinen Namen trägt. Von Mozart Musik. Von Thomas Bernhard Theaterstücke und bittere Texte. Hugo Bernhardt schrieb keine Stücke und komponierte nicht. Er hinterließ weder einen Turm noch Brücken oder Bahnhöfe. Er malte keine Bilder, die in berühmten Galerien hängen. Der Schreibtisch, an dem er 20 Jahre saß, landete auf dem Sperrmüll, als das Unternehmen vor zwei Jahren in ein anderes Gebäude umzog. Und Hermann Overbek, der wenigstens noch ein paar Anekdoten von ihm weiß, ist längst in Rente. In der Firma ist Hugo Bernhardt nach 20 Jahren fast völlig vergessen. Die damals versprochen hatten, sein Andenken zu bewahren, arbeiten hier nicht mehr. Und die heute hier arbeiten, fragen: „Bernhardt? Bernhardt? Muss man den kennen?"

Hugo Bernhardt war ein Rädchen im Getriebe der Welt. Auch mit der Wissenschaft von den sichtbaren Überresten des Alten kommt man ihm nicht auf die Spur. Seine Spuren sind getilgt. Das Haus, in dem er die längste Zeit lebte, ist vollständig umgebaut worden.

Der Bus, mit dem er täglich zur Arbeit fuhr, ist längst zu einem Klumpen Schrott gepresst worden. Seine Zigarettenmarke wurde längst vom Markt genommen. Das Fußballstadion, in dem er so oft seinen Lieblingsklub anfeuerte, musste einer modernen Arena Platz machen. Die Weinstube, in der er seinen Stammtisch hatte, heißt heute „Fu Jian". Und vorne rechts, wo der eichene Stammtisch stand, plätschert jetzt ein Springbrunnen, made in Taiwan. Seine Wollmütze haben die Motten zerfressen. Das Rasierzeug ist verschwunden, als seine Witwe ins Altersheim ging. Selbst auf dem Friedhof täten sich Archäologen schwer, Hugo Bernhardts Gebeine zu finden, nachdem im vorigen Jahr seine Totenruhe erlosch und das Grab aufgelassen wurde.

Was von Hugo Bernhardt bleibt, sind Spuren im Leben anderer. In der Familie, im Gedächtnis einiger Freunde. Spuren der Liebe, Pauls Nase (die Gene), Anekdoten. Und eine Generation später wird auch dies ins kollektive Dunkel abtauchen, ins Meer der Menschheitsgeschichte. Ab und an mag ein Teilchen aufblitzen im großen Gewoge. Etwa wenn Paul bei der Konfirmation seiner Ältesten vom Großvater erzählt, den sie nie kennengelernt hat. Oder wenn er sich bei einer Redensart ertappt, mit der ihn sein Vater so oft getröstet hatte: Kopf hoch, auch wenn der Hals nicht gewaschen ist.

Elfi Gebers hat wenig Anlass, über ihren ehemaligen Schwiegervater zu reden. Sie hat keine Kinder, ist von Pauls Bruder geschieden und nach der zweiten Heirat in eine andere Familie gewechselt. Man muss sie schon nach Hugo Bernhardt fragen. „Ein freundlicher Mensch", antwortet sie nach kurzem Überlegen, „als er starb, kannte ich seinen Sohn Frank gerade mal acht Wochen." Zu kurz, um sich jemanden einzuprägen, mit dem man ein paar Mal gegessen und drei Takte geredet hat.

Brigitte, die Witwe, lebt mit Hugo. „Er ist um mich. Nicht immer gleich stark, aber er ist da." Eigentlich mag sie mit niemandem darüber reden. Auch nicht mit den Kindern. „Ich hab' es ein paar Mal versucht. Dann lächeln sie milde und nehmen mich in die Arme.

Und dann sagen sie so Sachen wie: Mama, das Leben geht weiter. Sie meinen es gut." Das klingt wie: Sie verstehen mich nicht. Brigitte nimmt es den Jungen nicht übel. Nicht mehr. Am Anfang war sie schon gekränkt, „weil keiner an den Todestag dachte, von unserem Hochzeitstag ganz zu schweigen". Dann sah sie ein, dass diese intensive Erinnerung nur ihre ist. Zumindest sagt sie, sie habe es eingesehen.

Sie weiß noch genau, wie er zum ersten Mal ins Haus ihrer Eltern kam, was er anhatte, wie er roch und vor allem wie er lachte. Sie feiert jedes Jahr im April Verlobungstag, nur für sich. Mit frischen Butterbrezeln und einem Gläschen Sekt. „Das war unser Ritual." Wenigstens Paul ruft an Vaters Geburtstag bei ihr an, meistens, „wenn er daran denkt. Aber der Junge ist so beschäftigt, er arbeitet so viel." „Das stimmt", sagt Paul. „Ich habe reichlich zu tun. Und das erinnert mich am meisten an meinen Vater. Ich bin jetzt 45 Jahre alt geworden. Noch zehn Jahre, denke ich manchmal. Und dann: Ich möchte länger leben als er. Ich muss kürzer treten. Aber vielleicht hilft das auch nichts. Vielleicht ist das so angelegt im großen Plan. Jedenfalls hat mich der frühe Tod meines Vaters gelehrt, dass ich möglichst viel Zeit mit meinen Kindern verbringen möchte."

Und was möchte Paul Bernhardt seinen beiden Kindern in dieser Zeit geben? Welche Spuren möchte er in ihren Leben hinterlassen? „Sie sollen sicher wissen, dass sie geliebt werden. Wenn sie an mich denken, sollte sie ein Gefühl der Wärme umgeben. So geht es mir, wenn ich an meinen Vater denke. Und das ist ein sehr schönes Gefühl."

Wir jammern und klagen auf hohem Niveau

Eine Maientour. Das Fahrrad, frisch geputzt und gut aufgepumpt. Laue Luft. Lindes Grün. Radeln durch die erwachte Stadt, aus dem Sonnenglanz in den Schatten der Buchen. Ein Radweg schlängelt sich müßig zwischen duftenden Fliederbüschen dahin. Ein gelassenes Gespräch von Sattel zu Sattel. Dann ruckelt es gewaltig. Das Vorderrad gerät aus dem Takt. Fahren auf dem Schüttelrost, auf einem Waschbrett.

Mein Mitradler legt seine schweißnasse Stirn in Zornesfalten: „Typisch für diese Stadt. Da werden Millionen für neue Straßen ausgegeben. Für uns Fahrradfahrer aber tut man nichts!" Die paar Mark für einen ordentlichen Belag, die hätte der Haushalt doch auch noch verkraftet.

Für die Autofahrer wird doch auch nichts getan! Genau wie für die Rentner. Und die Hundebesitzer. Und den Mittelstand. Und die Lehrer. Und die Benutzer des öffentlichen Nahverkehrs? Bei uns haben sie jetzt abends zwei Busverbindungen in die Innenstadt gestrichen! Zwei! Wie soll man denn da abends noch irgendwohin kommen? Da fahr ich doch gleich mit dem Auto – obwohl man keinen Parkplatz findet. In der Bellavista-Straße haben sie schon wieder zehn Parkplätze vernichtet. Blumenkübel aufgestellt. Während die öffentlichen Parkanlagen verkommen. Und die Spielplätze. Und der Hauptbahnhof. Dort sitzen die Fixer. Und die Obdachlosen. Anstatt die von der Straße wegzubringen, pumpt man das Geld ich weiß nicht wohin. Während in den Schulen die Computer ebenso fehlen wie die Internetanschlüsse, obwohl jeder weiß, dass wir im Standortwettbewerb vor allem gut ausgebildete Menschen brauchen.

Vom Fahrradweg zur Bildung. Von den öffentlichen Gärten zur Drogenpolitik. Wer will, kann an jedem Stammtisch und in jedem Sattel das politische Lied mit der ersten Strophe beginnen: Gerade für unsere Interessen tut der Staat nichts. Ein garstig Lied, wahrhaftig. Jedem fällt garantiert etwas ein, das gerade fehlt, weggenommen oder nicht eingerichtet worden ist, obwohl seine Notwendigkeit doch auf der Hand liegt.

Wo zwei oder mehr um einen Terrassengrill versammelt sind, kommt es zur Verschwisterung der Zukurzgekommenen. Rentner, Mittelständler und Studentin mögen sich von Herzen uneinig sein. Zur Negativkoalition gegen die da oben oder die Verwaltung oder das Schicksal reicht es immer.

Ach, es ist ein Graus auf dieser Welt! Und jeder hat recht, sogar wenn er sich selbst widerspricht, weil er im Regelfall mehreren Gruppen angehört, deren Interessen miteinander kollidieren.

Die Wirklichkeit wird unseren Vorstellungen und Wünschen nun mal nie gerecht. Das Sein hinkt dem Sollen grundsätzlich hinterher. Und indem die Unzufriedenen granteln, machen sie unserer pluralistischen Gesellschaft eigentlich das schönste Kompliment.

Erstens: Wir jammern auf hohem Niveau. Denn nur dort, wo es Radwege gibt, kann man über deren Unvollkommenheit klagen.

Zweitens: Für die Differenz zwischen Anspruch und Wirklichkeit ist der Geist des Fortschritts verantwortlich, der immer weiterplant und dabei das Erreichte sehr rasch für selbstverständlich erachtet.

Drittens: Der Antrieb allen Wandels ist der Schmerz über die Differenz zwischen dem Seienden und dem Traum von der Vollkommenheit. Solange dieser Unterschied besteht, gibt es etwas zu tun. Es wird ihn immer geben.

Viertens: Die Gesellschaft ist einigermaßen gerecht, wenn viele nicht ganz zufrieden sind, wenn der Nachholbedarf breit gestreut ist.

Allerdings täte ein wenig Geduld, ein bisschen Gelassenheit wohl. Die Einsicht wäre nützlich, dass die Welt nie fertig wird, sosehr wir uns auch mühen. Jede neue Lösung schafft neue Probleme. Und Rom – um es mit der ebenso banalen wie wahren Spruchweisheit zu bedenken – wurde eben auch nicht an einem Tage erbaut.

Außerdem nörgeln wir ja nicht dauernd. Das Ruckeln auf dem Radweg vertrieb uns nur für einen Augenblick aus dem Paradies, in das wir uns hineinzuradeln wähnten. Der Biergarten hinter der Wegbiegung brachte uns postwendend wieder zurück in die heile Welt. Bis mein Tischnachbar nach dem ersten Schluck Weizenbier anmerkte: „Weißt du übrigens, dass die jetzt schon um zehn Uhr abends schließen müssen, wegen der Anwohner?“ Wusste ich schon, weil einer meiner Kollegen hier wohnt und an der entsprechenden Bürgerinitiative beteiligt war.

Schluss: Des einen Paradies ist des anderen Fegefeuer. Und wo Freud und Leid von so mäßiger Dimension sind, lässt es sich wirklich gut aushalten.

Meinen Geburtstag vergisst er nie

Man kennt sich. Wie lange eigentlich schon? Lassen Sie mich mal rechnen: Vor einundzwanzig Jahren bin ich Werner in einer Kneipe begegnet. Charlie, ein gemeinsamer Freund, hatte ihn mit an den Tisch gebracht. Ich hatte eigentlich keine Lust, ihn näher kennenzulernen. Und noch weniger wollte ich über meinen Beruf reden. Es war die Zeit von Günter Wallraffs legendärem Buch über das Innenleben der „Bild"-Zeitung, „Der Aufmacher". Journalisten mussten Nichtjournalisten ständig erklären, dass nicht alle Reporter gleich seien. Und dass sie keine Nachrichten fälschten und keine Interviews erfanden. „Was machst du beruflich?" – Werner war einfach zu neugierig. „Waschsalon", sagte ich, „Starwash. Vor vier Wochen eröffnet. Acht Vollautomaten, vier Trockner." Werner fragte nach. Und mir begann das Rollenspiel Spaß zu machen. Nicht übertreiben, sich keine Blöße geben, lässig nachladen: „Finanzierung war nicht ganz einfach." Werners Augen begannen zu leuchten. Bei welcher Bank, zu welchem Zins ich den Kredit aufgenommen hätte. Ich merkte, es wurde knifflig: „Commerzbank, acht Prozent."

Werner lachte schallend. Da hätte ich mal zu ihm kommen sollen! Zweigstelle Nord der So-und-so-Bank. Acht Prozent! Wahnsinn! Die hätten mich ganz schön übers Ohr gehauen! Ein Banker also.

Eine halbe Stunde, glaube ich, habe ich das Spiel noch durchgehalten. Als ich ihm meine tatsächliche Identität offenbarte, reagierte Werner höchst anständig: „Toll hast du das gemacht. Perfekt. Aber an der Ecke mit dem Kredit habe ich schon einen Augenblick lang gezweifelt. So doof wirkt er gar nicht, dachte ich, dass er sich so reinlegen lässt."

Als ich ein halbes Jahr später mein Auto zu Schrott fuhr und finanziell in Schwierigkeiten geriet, ging ich zu Werner. Er entwickelte für mich ein Entschuldungskonzept, das mich ein paar Monate piesackte, aber aus der Schuldenfalle holte. Werner war mir ein Freund geworden. Nicht, dass wir besonders viel miteinander hätten anfangen können. Aber man half sich, man vertraute einander. Da war viel Respekt und daraus wuchs die Sympathie.

Meinen Geburtstag vergisst Werner nie. So wenig wie den von Hans oder Charlie oder Mike. Und wenn wir Freunde seinen vergessen, registriert er das durchaus und ist auch ein klein wenig beleidigt. Resigniert seufzt er dann: „Na ja, so seid ihr eben."

Zu seiner zweiten Hochzeit habe ich ihm den Pastor besorgt, wie schon zur ersten. „Du kennst dich in dem Metier doch aus."

Und bei dieser Hochzeit passierte es: Ich vergaß mein Hochzeitsgeschenk. Und als ich von unserem Freund Charlie erfuhr, dass Werner das beim Sortieren der Gaben für die Bedanke-mich-Briefe bemerkt und in einem Telefonat erwähnt hatte, schämte ich mich sehr. Und gleichzeitig war auch ich gekränkt, dass er mit Charlie darüber geredet hatte.

Ich beschloss, Werner und seiner Frau das Geschenk mit einem Brief nachzusenden. Ich schob es immer weiter raus. Und schämte mich immer mehr. So sehr, dass ich mich nicht mehr traute, ihn anzurufen.

Zu seinem Geburtstag auch nicht. Und das würde er bestimmt als Beweis meiner Schlechtigkeit ansehen. Werner war eben so, das wusste ich. Er vergaß nichts. Das Mäuerchen wuchs und wuchs. Vor Scham mochte ich mich nicht mal mehr bei Charlie nach Werners Befinden erkundigen. An meinem Geburtstag im vorigen Jahr war ich außer Landes.

Am Geburtstagsmorgen in diesem Jahr klingelte das Telefon. „Hallo, hier spricht Werner. Ich möchte dir alles Gute wünschen." Ich stammelte eine Entschuldigung für mein langes Schweigen. Ich versuchte zu erklären. Werner schnitt mir das Wort ab: „Lass den Quatsch! Was soll das? Vergiss das alles. Es ist doch nicht wichtig. Wir sind schließlich Freunde. Lass uns bald zusammen ein Glas Wein trinken. Ich vermisse dich." Aber das Hochzeitsgeschenk werden Werner und seine Frau doch noch bekommen. Gleich setze ich mich hin und schreibe den Brief dazu.

Der Fluch des Taxifahrers

Ein Taxifahrer sitzt in seinem Auto und wartet offenbar auf einen Fahrgast. Sein Mercedes steht quer vor der Einmündung in eine kleine Seitenstraße. Genau in die muss ich links einbiegen. Ich warte ein paar Augenblicke. Dann fordere ich ihn per Handzeichen auf, sein Gefährt doch zwei, drei Meter zu bewegen und Platz zu machen. Er reagiert nicht. Ich tippe kurz die Hupe an und kurble die Seitenscheibe runter. Er auch. Bevor ich etwas sagen kann, brüllt der Mann: „Hupen ist Nötigung!" – „Tschuldigung", rufe ich, „ich muss da rein." – Er: „Das ist Ihr Problem." Dann ruckelt er einen Meter weiter. Ich, zugegeben mit einer Portion Ironie: „Danke. Ich wünsche Ihnen einen schönen Tag!" Er zaubert ein Grinsen in seine Züge: „Und ich wünsche Ihnen einen schönen Unfalltod." Dann fährt er weg.

Ich bin Pendler und als solcher hart im Nehmen. Fahren, wenn alle fahren, ist keine harmonische Veranstaltung. Doch dieser Fluch hat mich getroffen wie ein Schlag ins Gesicht. Ich konnte nicht einmal reagieren, keinen draufsetzen. Ich war sprachlos und zitterte noch, als ich am Ziel aus dem Auto stieg. Selbst heute, da ich die Szene zu beschreiben versuche, spüre ich die Wirkung dieses bösen Satzes noch. Warum?

Ich bin ein aufgeklärter Mensch. Und ich bin Christ. Ich glaube nicht an einen Gott, der derart makabre Wünsche erfüllt. Aber ich kann mich der Gewalt dieser ätzenden Worte kaum entziehen. Was macht sie so wirksam?

Wahrscheinlich liegt die zerstörende Kraft in der ganz konkreten, persönlichen Spitze der Verwünschung. Hätte der andere mich einfach mit den üblichen Schimpfritualen überzogen: „Verpiss dich, du Hurensohn! Scher dich zum Teufel! Halt die Klappe, dummer Sack!" – ich hätte es locker weggesteckt. Mit der alltäglichen Poesie des Zornes kann man umgehen. Das Gemeine steckt im Genauen, steckt in der Absicht, mehr zu wollen, als seinem Ärger Luft zu verschaffen. Jemandem heute die Pest an den Hals zu wünschen, prallt an der Schutzhaut ab, weil die Pest nur noch sinnbildlich in unserer Alltagswelt vorkommt. Eine solche Tirade ist inzwischen von allgemeiner Hässlichkeit, von geradezu üblicher Geschmacklosigkeit. Das Böse wirkt erst richtig, wenn es auf die Situation gemünzt ist, in der es ausgesprochen wird. Dann erreicht es offenbar eine Zone in unserem alten Stammhirn, wo die ursprüngliche Angst sitzt. Und dort sind wir zunächst fast wehrlos gegen seine Magie. Da hilft alle Selbstbeschwichtigung durch die Vernunft nicht mehr. Sie erreicht uns in dieser Sphäre nicht.

Was hilft dann? Mir hat geholfen, meine Fassungslosigkeit meiner Frau, Kollegen und Freunden anzuvertrauen. Die lapidare Schilderung meines Erlebnisses hat sie in Zorn versetzt. Ihr gerechter Zorn über diesen Fiesling, der die Grenzen der alltäglichen Aggression überschritten hat, tat mir schlicht gut. Ich fühlte mich geschützt, gewärmt, gemocht. „Mich friert es, wenn ich so was nur höre" – diese banal klingende, aber spontane Anteilnahme einer Kollegin tröstete mich. Offenbar registrierte ich ihre Mitmenschlichkeit und Wärme in derselben Ecke meiner Seele, in der mich der Fluch getroffen hatte. Zuneigung, Mitleid, Liebe sind der Gegenzauber, der das Böse bannt. Sie sind ein Abglanz des Göttlichen.

Das alles ist nichts Neues und schon gar nichts Besonderes. Die Märchen und Mythen aller Kulturen stecken voller Erfahrungen dieser Art. Die Verwünschung verliert ihren dämonischen Zauber, wenn echte Anteilnahme gegen sie auftritt. Liebe erlöst. Mir ist ja tatsächlich nichts Schlimmes passiert. Aber das eigene, das erste Erlebnis des Verfluchtseins hat mir diese uralte Menschheitserfahrung des Kampfes zwischen Bösem und Gutem neu bewusst gemacht. Ich bin inzwischen ganz froh, dass ich so sprachlos war und mir im Augenblick nichts einfiel, mit dem ich auf den „schönen Unfalltod" noch einen hätte draufsetzen können. Heilfroh bin ich!

Muss man denn ewig Häuser bauen?

November. Neblige Tage. Die Uhren sind umgestellt. Mit der Sommerzeit hat sich der letzte Rest der lichteren Jahreszeit aus dem Staub gemacht. Und schon nahet mit Riesenschritten und doch auf leisen Sohlen der Advent. November. Der Toten wird gedacht. Die Städte grüßen grau. Man fährt im Dunkeln zur Arbeit, als reise man in einen tiefen Schacht. Und abends kehrt man im Licht von tausenden Scheinwerfern nach Hause zurück. Es ist ungemütlich kühl, aber noch nicht winterlich kalt.

November. Die Gewissenhaften unter uns machen jetzt Besorgungen, kaufen für Weihnachten ein oder vervollständigen die Skiausrüstung. Die Kinder basteln. In den Büros bereitet man die Jahresabschlüsse vor. Die Mitarbeiter vereinbaren noch rasch einen Sack Termine. Im Dezember, sie wissen es aus Erfahrung, geht nichts mehr. Dann jagt eine Weihnachtsfeier die andere.

November. Die erste Erkältungswelle grassiert, die Wartezimmer der Ärzte füllen sich. Festwochen in den Apotheken. Alles schnieft, keiner lacht. Nur der Weinhändler, der jetzt Rotweine kistenweise verkauft. Und das ist ein Zeichen der Hoffnung.

Hat jemals jemand freudig den November besungen? Die frohen Lieder, die jeder kennt, besingen den lieben Advent oder sehnsuchtsvoll den Lenz, den Sommer am Meer, den September in den Bergen, die Weinlese im goldenen Oktober. Der November ist das Spezialgebiet für düstere Gesänge, für Requiem und Elegien. Die grauen Nebel wallen. Wer jetzt kein Haus hat, baut sich keines mehr, wer jetzt allein ist, wird es lange bleiben, warnt der Vers des Dichters Rilke.

November. Die Restaurants sind brechend voll. An großen Tischen vertilgt man Martinsgänse. Und wieder naht ein Trupp von fröhlichen Gästen. Die Brillengläser sind beschlagen. Ein Schwall von feuchter Kühle umgibt die Neuankömmlinge, bis sie sich aus den Mänteln geholfen und sich Hände reibend an ihre Plätze gefunden haben. Bald sind auch sie Teil des Stimmengewirrs und der überwärmten Enge hier im festlich dekorierten Raum. Rotwangige Ober durchpflügen den Saal. Bedienungen öffnen mit erfrischendem Plopp ein neues Fläschchen aus Burgund.

November. Wer jetzt zusammenrückt und fröhlich zecht, der wird nicht lang alleine bleiben. Da sitzen zwei Menschen am frühen Sonntagabend, einander zugeneigt über einem kleinen Tisch und sehen sich das Glas erhebend in die Augen. Einen langen Spaziergang lassen sie im Gasthof in einen langen Abend übergehen. Spazierengehen im November, das tut gut. Zum Radfahren ist es wirklich schon zu kühl.

November. Unter der Decke kuscheln und Urlaubspläne schmieden. Und Karten kaufen für ein schönes Konzert. Und wieder mal ins Kino gehen oder wenigstens im Fernsehen einen alten Film anschauen. Wer jetzt kein Haus hat… Muss man denn ewig Häuser bauen?

November. Die großen Taten sind geschehen oder werden längst noch nicht begonnen. Eine Chance fürs eigentliche Leben. In den Hallenbädern tollen die Väter mit ihren Kindern. Die Kirchenchöre proben das Weihnachtsprogramm und haben Spaß dabei. Jetzt ist es Zeit, den dicken Schmöker wieder rauszuholen, über dem man im Sommer auf der Liege so oft eingeschlafen ist.

November. Man ehrt die Toten, indem man den Staub aus den Fotoalben schüttelt und Opa auf vergilbtem Hintergrund beim Wandern anno 1970 betrachtet. Gut, ein wenig elegisch ums Gemüt kann es einem da schon werden. Und gleich darauf schüttelt man sich vor Lachen, denn Großvater ließ sich nicht so gerne fotografieren und war ein hoch veranlagter Grimassenschneider.

November. Das ist kein Strahlemonat im Jahresreigen. Aber so schlecht, wie er gemacht wird, muss er wirklich auch nicht sein!

Parzival schleppt Sprudelkisten

Irma und ich kennen uns fast vierzig Jahre. Irma und ihr verstorbener Mann Kurt waren mit meinen Eltern befreundet. Ihre Kinder sind in etwa so alt wie meine Geschwister und ich. Die Familien haben viel gemeinsam unternommen. Im Winter fuhren wir zusammen Ski, im Sommer traf man sich im Freibad, lud einander zum Geburtstag ein, grillte.

Als Zehnjähriger war ich schwer verliebt in Irma. Sie war die Erste, von der ich das so sagen würde. Ich war fasziniert von dieser sportlichen, sprühenden, redegewandten, humorvollen Frau. Als mütterlich empfand ich Irma nie.

Mit 13 ging mir der Puls schneller, als sie mir und meiner Tanzstundenpartnerin – ihrer Tochter – beibrachte, wie man „eng" tanzt. Wie sie roch! Wie sie sich anfühlte! Die dreißig Jahre Altersunterschied, wo waren sie? Damals glaubte ich, dass sie gar nicht mitbekam, wie ich sie anschmachtete. Heute weiß ich, dass ihr das sehr wohl bewusst war.

Die Wege trennten sich, wie das immer so ist. Die Lebenszeichen wurden seltener.

Neulich ist mir Irma wieder begegnet. Eher zufällig in einer Theaterpause. Sie hatte mich erkannt, ich sie nicht. Und als sie mich ansprach, mir ihren Namen sagte, bin ich zutiefst erschrocken. Diese kranke, alte Frau soll Irma sein? Die Augen ohne das mir vertraute Leuchten. Die Zunge schwer, die Sätze wirr. Ich war schockiert. Spürte sie es?

Was ich nicht sagen mochte, besorgte ein anderer alter Freund, der sich zu uns gesellte. Fritz, ein frisch pensionierter Kunstlehrer, zehn, zwölf Jahre jünger als Irma und ein sogenannter alter Charmeur. „Nein, Irma, du siehst jedes Mal jünger aus. Wie machst du das? Fantastisch! Schade, dass man sich so selten trifft." Ein kleines Licht huschte über das vom Leiden gezeichnete Gesicht der alten Dame.

Als sie sich für ein paar Minuten entschuldigte, raunte mir Fritz zu: „Wir machen uns alle große Sorgen um sie." Und ich fragte ihn: „Warum lügst du sie an? Warum sagst du ihr, sie sähe blendend aus?"

Fritz starrte mich an, als hätte ich ihn geohrfeigt. Habe ich ja eigentlich auch. Dann zischte er: „Tja, mein Lieber, werde erst mal so alt wie wir, dann verstehst du das vielleicht. Wir Älteren wollen was Positives hören. Das gibt Kraft, das hilft durch den Tag." Er hatte es plötzlich ziemlich eilig, auf seinen Platz zurückzukehren.

Als Irma zurückkam, ging die Pause gerade zu Ende. Ich fragte noch rasch: „Wie geht es dir?" – „Heute nicht so doll. Aber ich will mich nicht beklagen." Ich versprach, mich zu melden, wenn ich mal wieder in der Stadt bin.

Parzival aus der Sage braucht eine zweite Chance. Bei der ersten Begegnung mit dem todeswunden Gralskönig Amfortas hat der Ritter taktvoll geschwiegen, das Leiden übersehen, wie er es als höfisches Benehmen gelernt hatte. Von seinem Leiden erlöst wird der König erst, als ihn der Gast beim zweiten Besuch nach seinem Befinden fragt.

Wer fragt, wie es geht, muss sich darauf einlassen, eine Antwort zu bekommen. Und die kann den Hörenden in Zugzwang bringen, ihn zu einer weiteren Frage veranlassen: „Kann ich dir helfen?" Wer davor Angst hat, wer nur pro forma fragt, wer nur „gut" zur Antwort haben will, der sollte es lieber lassen.

Wer nicht fragt und stattdessen Komplimente macht, die weit weg von der Wahrheit sind, mag immerhin geltend machen, dass er es gut meint. Und Irma haben Fritzens Schmeicheleien tatsächlich gefreut – auch wenn sie weiß, dass sie nicht stimmen.

Ich habe mich ein bisschen davor gefürchtet, Irma zu besuchen. Ich habe es dann doch getan – versprochen ist versprochen. Sie hat mir von ihrer Krebserkrankung erzählt. Aber wir haben auch viel gelacht. Und sie gestand mir, wie gern sie es gesehen hätte, wenn ich ihr Schwiegersohn geworden wäre. Es war schön. Am Ende fragte ich sie, was ich ihr Gutes tun könne. „Du könntest mir zwei Kästen Mineralwasser besorgen und das Leergut abgeben. Ich kann das nicht mehr schleppen." Klar, konnte ich.

Mit Harry weit entfernt vom Paradies

Harry ist von der schnellen Truppe. Wo auch immer er auftaucht, sich einmischt und einsetzt, blühen die Ideen. Er mischt jeden Laden auf. Stillstand ist Rückschritt, Denkverbote sind eine Provokation in seinen Augen. Harry redet bildhaft, überzieht gern einmal und übertreibt. Aber er schafft es, die Probleme des Vereins, in dessen Vorstand er gewählt wird, blitzschnell zu erfassen und beim Namen zu nennen. Krisen schrecken ihn nicht. Sie fordern ihn heraus.

Harry stand jahrelang an der Spitze eines großen Betriebs. Seine Spezialität: MdU – Management durch Umherstreifen. Noch heute wissen alte Kollegen Schauergeschichten zu erzählen von dem Stress, den Harry in der Firma erzeugte. Jeder und jede musste zu jeder Stunde damit rechnen, dass plötzlich die Tür aufflog und Harrys Kahlkopf im Rahmen aufleuchtete. „Was machen Sie gerade?“ – Antwort. – Folgefrage: „Und wo liegt das Problem?“ Harry stieg sofort ein, spontanes Brainstorming – was in seinem Fall wortwörtlich zu verstehen war: Sein Gehirn stürmte durch das Problem, produzierte in Minuten mindestens drei mögliche Lösungen – und schon entschwand es samt Besitzer ins nächste Büro.

Leute wie Harry sind extrem ungeduldig. Seine Kritiker halten ihm immerhin zugute, dass er von sich selbst mindestens so viel fordert wie von anderen: mehr Beweglichkeit, höheres Tempo, Fantasie. Seit Harry im Ruhestand ist, hat er versucht eine Kunstgalerie zu retten, seine Kirchengemeinde flottzumachen, hat eine Stiftung für missbrauchte Kinder gegründet und dergleichen mehr.

Geliebt wird Harry dafür nur von wenigen Menschen. Von denen, die wissen, dass er, der ungeduldige Raubauz, eine Seele von Mensch ist, weich, großzügig, ein echter Freund und Visionär. Vielen Menschen, denen er geholfen hat, helfen wollte oder hilft, verursacht er hingegen Herzrasen.

Er vernichtet ihre Behaglichkeit, respektiert ihr Selbstmitleid nicht, lobt zu wenig. Das ist überhaupt das Schlimmste: Er ist nie zufrieden. Fragt man ihn, was hältst du davon? So antwortet er bestimmt: „Mhm, ganz gut. Aber mir fällt da Folgendes ein ... Wäre das nicht noch besser?"

Harry selbst reagiert übrigens höchst unwirsch auf Lob: „Okay. Danke. Ich habe mir gestern den Internetauftritt unserer Galerie angesehen. Was haltet ihr davon, wenn wir ..." Und schon sind wir wieder dabei, wie wir alles noch besser, noch schöner, noch wirkungsvoller gestalten könnten.

Es ist schwer, Harry zu beschenken. Die sinnvollen Dinge hat er. Und Genuss kommt in seinem Schnellzugleben nur am Rande vor. Als ich ihn, der mir verehrter Chef war, einmal zum Essen einlud – ich damals noch jung und mit kargem Salär –, lotste ich ihn in ein für meine Verhältnisse anspruchsvolles Restaurant. Ja, ich hatte ein wenig gespart und war auf eine deftige Rechnung vorbereitet.

Wir studierten die Speisekarte. Harry war nach einer halben Minute fertig. Eine Suppe und ein Salat. Die Suppe ließ er kalt werden, weil er mir gerade eine Idee für einen Kongress von Ärzten, Pfarrern und Journalisten präsentierte und die exquisite Consommé darüber vergaß. Den Salat schlang er hinunter, während ich zahlte und wir auf unser Taxi warteten.

Harrys Leben ist die Kommunikation. Das Gespräch über echte Ideen. Konversation treiben hat er nie gelernt. Urlaubserlebnisse anderer interessieren ihn nicht. Und selbst macht er nur Urlaub, wenn seine Frau ihn vor vollendete Tatsachen stellt. Gemütlich wird es auch dann nicht. Belletristik hält er übrigens für Zeitvergeudung.

Als ihn auf der Geburtstagsfeier eines sehr gebildeten und kunstsinnigen Freundes die gesamte Meute als Workaholic schmähte, als unsinnlichsten Menschen, den man kenne, musste ich ihn verteidigen. Harry ist ein Mystiker der Arbeit. Arbeit heißt sein Gebet. Er hat das Los des Adam angenommen. Er sagt es jeden Tag: Wir sind hier nicht im Paradies. Noch nicht! Noch ist nicht Zeit, um auszuspannen.

Eine Scheibe Freude von Boris

Mein siebenjähriger Sohn Merlin hat seit ein paar Wochen ein neues Idol. Der Mann ist Kanadier, 32 Jahre alt, 1,89 Meter groß und 88 Kilogramm schwer. Wenn Sie wissen wollen, wie er heißt, sollten Sie ein Heimspiel des Eishockeyteams Hamburg Freezers besuchen. Zu Beginn des Spieles ruft der Stadionsprecher in die Arena: „Mit der Nummer 1: Booooriiis …" und die zehntausendköpfige Gemeinde antwortet: „… Rousson!" Dann fährt der völlig vermummte Torhüter unter dem Jubel der Fans aufs Eis.

Boris Rousson ist ein Meister seines Faches. Mit seiner riesigen Pranke von Handschuh fischt er Pucks aus der Luft, die mit 150 Sachen auf ihn zufliegen. Oder er blockt die Hartgummischeibe aus kürzester Distanz mit seinen schweren Beinschonern. Bei keiner Mannschaftssportart ist ein einzelner Spieler so wichtig wie der Goalie im Eishockey.

Ich gebe zu, als ich die Karten fürs Eishockey kaufte, wollte ich nicht nur meinem Sohn etwas Neues zeigen, sondern auch einem anderen kleinen Jungen eine Freude machen – dem kleinen Jungen in mir selbst. Als Schulbuben am Bodensee zogen wir an frostklirrenden Winternachmittagen auf den Eisweiher der örtlichen Brauerei. Pullover und Anoraks dienten als Torpfosten, aus Spazierstöcken, Vesperbrettchen und Besenstielen kunstvoll zusammengenagelte Einzelstücke als Schläger. Und wir hingen gebannt vor dem Fernseher, wenn Tschechen oder Schweden die Sbornaja schlugen, die schier unbesiegbare Eishockeytruppe der Sowjetunion.

Im Spiel gegen die Frankfurt Lions sitzen mein Sohn und ich nun ganz dicht an der Bande, hinter einer mehr als mannshohen, schützenden Plexiglasscheibe. Das Spiel wogt hin und her. Zwar hält Rousson wieder einmal die sogenannten „Unhaltbaren".

Aber seine Mitspieler müssen zu oft in Minderzahl spielen, weil der Schiedsrichter einen von ihnen wegen eines Fouls auf die Strafbank schickt. Ein knappes Spiel. Sekunden vor Schluss – die Freezers führen hauchdünn mit 4:3 –, scharfer Schuss eines Lion-Angreifers. Tor! Nein! Rousson rettet, begräbt den Puck unter sich auf der Torlinie. Ende, aus!

Die Freezers haben gewonnen. Die Zehntausend in der Arena jubeln. Und Merlin winkt der Mannschaft zu, die eine Ehrenrunde fährt. Boris Rousson hat die Maske hochgeschoben, zeigt sein rundes, freundliches Gesicht und grüßt in die Menge. In seinem Handschuh hält er noch immer den Puck, den er nicht mehr ins Tor ließ.

Von der Spielfeldmitte deutet er in unsere Richtung, dann auf den Puck. Merlin nickt. Der Goalie fährt auf ihn zu, bugsiert die Scheibe über die Glaswand, wartet noch einen Augenblick, bis der Junge sie an sich genommen hat, und gleitet mit einem Augenzwinkern davon. Merlins Puck! Unser Puck. Überwältigt schweigen Vater und Sohn. Der Junge strahlt, dem Mann werden die Augen ein wenig feucht. Die Umstehenden gratulieren.

Auf dem Heimweg erzählt Merlin: „Und als er in meine Richtung geschaut hat, da wusste ich schon: Der meint mich.“ Das stimmt. Boris Rousson hat ihn ausgeguckt. Warum? Die Frage interessiert Merlin nicht. Macht er das in jedem Heimspiel? Ist das Bestandteil des Marketings, der PR-Aktivitäten der Freezers? Große-Leute-Fragen! „Er hat mich gemeint, weil er gespürt hat, dass ich ihn mag.“ Klar, Vater hält den Mund, grübelt nicht weiter, fühlt sich ein wenig schofel, weil er die Kinderfreude zu zerfragen begann.

Der Puck ruht in einem kleinen Glasschrein. Dahinter hängt an der Wand die gerahmte Eintrittskarte Freezers – Lions, Reihe 2, Platz 7. Der Alltag hat uns wieder. Gestern Abend hat mich Merlin vor dem Gutenachtkuss gebeten: „Lass das Licht bitte noch an. Ich möchte vor dem Einschlafen ein bisschen meinen Puck anschauen.“ Macht er das jeden Abend? „Nein, nur wenn es mir so geht wie heute: wenn ich noch ein Stück Freude brauche, damit ich gut schlafen kann.“

Der heilige Antonius und das Goldene Kalb

Hat mich jemals ein heiliger Schauder ergriffen? Nein. Und niemals schwor ich bei allem, was mir heilig sei. Nie habe ich jemandem etwas hoch und heilig versprochen. Ich benutze keine geweihten, also geheiligten Geräte. Ich fahre nicht an heilige Orte, um dort heilsame Gebete zu sprechen oder in heiligen Wassern zu baden. Ein Sammler bin ich nicht, so kann ich auch keinem meine kleinen Heiligtümer zeigen. „Heilig" gehört nicht zu meinem alltäglichen Vokabular.

Als heilig bezeichnen fast alle Religionen jene Dinge und Erscheinungen, die Gegenstände ihrer Ehrfurcht und Verehrung sind. Dinge und Erscheinungen, in denen sie eine Beziehung oder eine Berührung mit Gott, den Göttern oder dem Göttlichen erfahren. Heilig – das sind die Spuren der Transzendenz in der erfahrenen Wirklichkeit, die Verbindungen zwischen Himmel und Erde.

Das Heilige steht also für Zeichen, Orte und Zeiten, deren Menschen nicht mit ihrem puren Verstand Herr werden können. Glücks- oder Schreckenserfahrungen aus einem Teil der Wirklichkeit, der ihnen nur durch die Erscheinungen des Heiligen offenbar wird.

Der Protestantismus – so hat es der Religionssoziologe Peter L. Berger formuliert – hat alles Heilige, alle Verbindungen zwischen dem Himmel und der Erde gekappt, bis auf eine: das Wort. Ich möchte Bergers Definition geringfügig ergänzen: Die Menschen, Gottes ebenbildliche Geschöpfe, bilden als Gläubige die Gemeinschaft der Heiligen – Gefäße für die Offenbarung Gottes. Sie bewahren die Schöpfung.

Ein karges Programm, ein sprödes Konzentrat: Heilige Schrift und Gemeinde der Gläubigen als einzige Vergegenwärtigungen des Göttlichen. Keine besonders heiligen Orte, keine Fetische, keine Reliquien, keine Verwandlungen, Anverwandlungen und Wunder, keine Mythen und nur ein paar wenige, sehr blasse Riten. Die goldenen Kälber sind eingeschmolzen, heilige Wundertäter kann man nicht um Hilfe bitten. Amen.

Also, was ist mir als evangelischem Christen heilig? Das dicke Buch, das von Menschen und ihren Erfahrungen mit Gott und dem Leben erzählt. Und das Abendmahl als Zusammenkunft derer, die im gemeinsamen Glauben an Jesus Christus zum Heil finden.

Diese Reduktion auf Schöpfung und Glauben, der Verzicht auf Mysterien und erbetete Wunder macht frei. Religion ist überall, weil Gott allgegenwärtig ist. Gebete lassen sich in ihrem heiligen Mehrwert nicht steigern, wenn man sie an einem besonderen Ort spricht. Es kommt auf die Menschen an, die glauben, und nicht auf die Heiligkeit der Inszenierung.

Diese Freiheit der Christenmenschen ist nicht jedermanns Ding. Viele empfinden den frischen Wind der Reformation als kalte Zugluft, die frösteln macht. Sie hätten es lieber weniger frei, dafür aber wärmer. Ein heiliger Antonius, der einem nach dem entsprechenden Stoßgebet hilft, die Autoschlüssel wiederzufinden, hat schon was. Die kleinen Objekte der Verehrung und Anbetung machen das Leben bunter und munter.

In der Begrenzung des Heiligen auf den Glauben als Akt der Offenbarung Gottes verbirgt sich eine universale Erweiterung, eine Loslösung von jeglicher Enge, ein unendlicher Raum für die individuelle Wahrnehmung des Göttlichen. Die unbegrenzte und unbegrenzbare Fülle des Guten lässt sich dort erleben, wo Menschen einander in Liebe begegnen. Eine Liebe, die das menschliche Maß überschreitet, weil sie von Gott kommt – das ist der Ausdruck des Heiligen, das keiner Rauchschwaden, keiner Opfer und keiner Beschwörungsformeln bedarf. Wer das Allerheiligste, die Liebe Gottes also, zum Ziel seiner Existenz macht, wird keinen Menschen nur deshalb verachten können, weil er hin und wieder leichter in heilige Stimmung gerät, wenn er eine Kerze anzündet, in heiligen Flüssen badet und ein wenig Weihrauch in die Luft schwenkt. Die unendliche Vielfalt, mit der Gott in der Welt erscheint, macht jedes Urteil über das Heilige zu einem Ausdruck menschlicher Unvollkommenheit, ihn zu erfassen.

„Außer dir und mir lauter Eseln auf der Redoute“

Sie trafen sich in einem Bistro zwischen Tag und Nacht, zwischen Wien und Anderland, zwischen Paris und Nirgendwo. Sie spielten eine Partie Billard, spotteten ein wenig über Salzburg und Malaga, tranken ein paar Gläser – am Anfang Wein, nach Mitternacht Absinth.

In dem Bistro – es hieß „Farbton“ – fielen die beiden nicht weiter auf; der Zopfträger nicht und nicht der Kahlkopf. Der „Farbton“: eine Gegenwelt der Außenseiter und Massenlieblinge, der Verlierer und Überflieger. Unter- und Oberwelt begrüßten sich unter nackten Glühbirnen und kristallenen Lüstern. Dirigenten im Frack, tote Handlungsreisende, Steppenwölfe und Kameliendamen, Herzoginnen in großer Toilette und die Klofrau in bedruckter Kittelschürze. Punker, Penner, Propheten, Lords und Advokaten, depressive Konservenfabrikanten und abgebrühte Lyriker. Sängerinnen, Tänzer, Lehrerinnen in Leder und aristokratische Kokotten. Zynische Kardinäle, sentimentale Kommunistinnen, entsprungene Mönche, scheinheilige Freimaurer und überzeugende Transvestiten. Flipperkugeln flitzten durch blinkende Kanäle. Raucher ließen mit entschlossenem Zug die Fächer der Zigarettenautomaten bellen. Das zerscherbende Klirren fallender Gläser zerriss hin und wieder den Geräuschteppich aus Stimmen, Musikfetzen, Geschirrgeklapper, Türenschlagen und Stuhlgerumse.

Der „Farbton“, halb Schloss, halb Hafenspelunke, grell und pastellfarben, abbruchreif und imperial, schwebte über Kaimauern und duckte sich in Gebirgstäler. Trockene, kalte Stürme tosten tags über sein Dach, nachts schwitzten die Mauern die Dschungelsonne aus.

Pablo, der Kahle mit den großen, runden Augen, lehnte an der Heizung, die Zigarre in der Linken, und beobachtete seinen Freund, der gerade versuchte, eine Karambolage zu spielen. Amadé, über den Tisch gebeugt, die Zunge zwischen den Zähnen, maß Mal um Mal die erwogene Bahn, schüttelte sich eine Strähne aus der hohen Stirn. Noch einmal führte er den Queue zurück, hielt inne und stieß zu. Zwei Sekunden Spannung – „Gewonnen!", jubelte der Bezopfte, zappelte und kicherte, sodass sich einige der Zecher zu einem Blick in die Billardecke genötigt fühlten, um sich aber gleich darauf und achselzuckend wieder dem Trunk und dem Scherz, dem Streiten und Lärmen zu widmen.

Pablo zerrte den schmächtigen Kerl im glitzernden Rock zum Tresen, fand auf dem Weg dahin noch Zeit, einer harfenspielenden Morphinistin sengend ins Auge zu sehen und Raphael Santi die Zunge herauszustrecken, der vor einer Gruppe deutscher Politiker aus drei Jahrhunderten über das Renaissance-Ideal dozierte.

Amadé, den die meisten Mozart nannten, war vom Spielen, mehr aber vom Exultieren und Jubilieren noch ein wenig außer Atem, als er sein Glas ergriff, um Pablo, den nur die Männer Picasso nannten, zuzuprosten: „Gute Idee, meinen Zweihundertsten hier zu feiern. Wie kamst du denn darauf?" – Pablo grinste von einem Ohr zum andern. „Du wolltest keine Lobreden hören. Ich habe überlegt, wo keine gehalten würden. Da fiel mir nur eines ein: dieser Laden hier, in dem jeder mit sich selbst beschäftigt ist – das Fegefeuer der Eitelkeiten und Egoismen. Ich habe hier meine erste Strafausstellung gezeigt, zu der mich das Jüngste Gericht verurteilt hatte. Und tatsächlich: Keiner schaute sich die Bilder an. Man erzählte Witze, trank sich zu und ließ sich nicht einmal durch den Anblick von ‚Guernica' dabei stören."

„Aber ja, jetzt kommt's mir wieder", rief Mozart aus, „meine erste Klavierakademie zur Buße – das war auch hier, in genau diesem Raum. Aber Pablo, geh, hat sich das Beisel in den knapp 200 Jahren verändert! Damals durft' ich den seligen Colloredo, den Kaiser Nero, den Macchiavelli und ein paar unmusikalische Soldaten hier unterhalten. Das war eine Hetz! Aber seitdem war ich nimmer da." – „Ein Fehler", antwortete Picasso. „Ich bin hier fast Stammgast geworden." – „Na ja", konterte Amadé, „du bist ja auch ein ganzes Stück eitler als ich."

Pablo versuchte seine Zigarre wieder anzuzünden und murmelte schmauchend: „Du hast nur Glück, dass ich dich noch nicht lange genug kenne. Wahrscheinlich bist du noch eitler als der Weimarer Geheimrat, der sich jeden Morgen als Erstes die aktuellen Mitschnitte der jüngsten Goethe-Gedenkfeiern, -Kongresse, -Vorträge und -Fernsehdokumentationen vorführen lässt." Mozart meinte besänftigend: „Lass ihn doch. Zu unseren Lebzeiten gab's halt dieses weltweite Mediennetz noch nicht. Wobei ich gleich hinzufügen möchte, dass ich diese Manie nicht teile. Ich mag gar nichts von dem sehen, was sie da unten in der anderen Welt über mich zusammenfantasieren. Und die Konzerte und Operninszenierungen erst! Zweimal die Hälfte erreichen allenfalls das Niveau der fürstbischöflichen Kapelle zu Salzburg."

Wenn sich Mozart dieser Tage, wo immer er auch sei, einen Gesprächspartner wünschen dürfte, der ihn wirklich verstünde, ich schlüge Pablo Picasso vor. Dass Mozart ein besonderer Freund anderer Künste gewesen sei, ist nicht bekannt. Picasso war erwiesenermaßen unmusikalisch. Eine wichtige Voraussetzung für eine störungsfreie Kommunikation zweier Genies: Ihre Begabungen liegen auf so weit entfernten Feldern, dass sie kaum in die Verlegenheit geraten, sich aus purer Eifersucht zu umarmen oder sich unerbetene Ratschläge zu erteilen. Mozart und Haydn oder Gluck, Picasso und Braque oder Matisse – beide Genies waren durchaus in der Lage, andere hohe Begabungen zu würdigen. Am

Ende hielten sie sich aber – historisch belegt und völlig zu Recht – für einzigartig.

Worüber Picasso mit Mozart reden könnte? Über die Einsamkeit derer, die die Kunst nicht aus sich hervorquälen müssen. Pablo würde sich selbst zitieren, und Amadé könnte zu jedem Satz nicken, indem er für Malerei jeweils Musik einsetzte: „Ich kann gar nicht begreifen, warum man in der modernen Kunst das Wort Forschung so groß schreibt. Meiner Meinung nach ist mit Forschen, mit Suchen in der Malerei nichts zu holen. Finden, darauf kommt es an."

Dass Amadé und Mozart sich verstünden – vielleicht rührt meine Annahme daher, dass sie beide ihren denkenden Verehrern solche Schwierigkeiten machen, Worte für das Tun der Meister zu finden. Wie oft treten Mozartologen interpretatorisch schlicht auf der Stelle und flüchten sich in Begriffe wie „unsagbar" und „unbeschreiblich", wie „göttlich" oder „außerirdisch", wenn sie etwa die Wirkung des „Ave verum" auf die Gemüter und Hirne der unterschiedlichsten Kreaturen bezeichnen wollen? Vor dem „Requiem" können wir nur stammeln, besser noch schweigen und zuhören.

Mit den „Demoiselles d'Avignon" verwirrte Picasso die Kunstrichter ein erstes Mal. Als sie seiner als eines Kubisten habhaft zu sein glaubten, entwich er ihnen in eine klassische Periode. Und der „Minotaurus" und „Guernica" und zahllose Zeichnungen, Skulpturen und Grafiken? Irgendwann hörten die allermeisten Kunstfreunde auf, über seine Werke zu reden. Es war zu schwer. Sie widmeten sich lieber dem Mann, dem Macho, dem Frauenverbraucher, dem Zigarrenraucher, dem Schlossherrn, dem Kunstmarkttyrannen, dem Verräter am Freund Apollinaire.

Mozart und Picasso, so lautet die Schlussfolgerung, verstünden sich, weil ihre Lebenswerke uns gleichermaßen überfordern und uns zu fragwürdigen Urteilen veranlassen: Den jung Gestorbenen erklären wir zum trüffelkugeligen Rokoko-Engel, den alt Gestorbenen zum animalischen Satansbraten. Die Flucht in mystifizierenden Backfischtratsch lässt uns dem enervierenden Gefühl der Unterlegenheit bequem ausweichen. Allzu Göttliches und allzu Menschliches, da können auch wir mitreden und miträtseln, die von Farbe und Ton keine Ahnung haben. Also: Verweben wir Mozarts und Picassos Biografien, die eine geheimnis-, die andere skandalumwittert, zu Legenden. Und die drapieren wir dann zwischen uns und das Werk. Endlich darf der schicksalsschwere Germane behaupten: Mozart sei ihm zu süßlich. Und seine sensible Partybegleiterin fügt versus Picasso an: „Das sind doch alles Machwerke eines brutalen Chauvis."

Nun würden sich Pablo und Amadé – entgegen unserer Hoffnung – vermutlich herzlich wenig über derart dahingesagte Urteile ärgern. Man kennt schließlich das Publikum und seinen Unverstand. Wenn Mozart etwa Cäcilie Weber, seine Schwiegermutter, ein paar Wochen vor seinem Tode zur „Zauberflöte" mit ins Theater auf der Wieden nahm, dann wusste er, welch Geist an seiner Seite Musik genoss: „Bei der Mama wird's wohl heißen: die schauet die Oper, aber nicht: die hört die Oper" (Brief an Constanze vom 8. 10. 1791). Das klingt weniger böse als bedauernd. Über Picassos Begegnungen mit dem Unverstand schreibt seine Lebensabschnittsgefährtin Fernande Olivier am Beispiel eines Chinesen, der den Künstler häufiger aufsuchte: „Es amüsierte ihn, wie der Asiate sehr vergnügt im Atelier herumging, schaute und lange studierte, bevor er seine Gedanken aussprach. Nach einigen Besuchen glaubte er verstanden zu haben und fragte Picasso einfach, wie viel Zeit er brauchen werde, bis er malen könne wie dieser. Picasso war sprachlos, und wie oft, wenn er nicht wusste, was er antworten sollte, brach er in Lachen aus."

Um noch einmal an die intellektuellen Verehrer zu denken: Die werden von den beiden Genies sehr viel weniger höflich behandelt als naiver Besuch oder eine tumbe Schwiegermutter. Kostprobe eins: Mozart in einem Brief (10. 1. 1778) an Vater Leopold über eine Begegnung mit Christoph Martin Wieland in Mannheim:

„... Der Herr Wieland ist, nachdem er mich nun zweimal gehört hat, ganz bezaubert. Er sagte das letzte Mal nach allen möglichen Lobsprüchen zu mir: ‚Es ist ein rechtes Glück für mich, dass ich Sie hier angetroffen habe', und druckte mich bei der Hand... Nun etwas Gescheites ..." Er wechselt das Thema und spekuliert darüber, ob der Kaiser in Wien tatsächlich eine deutsche Oper einrichten will. „Wenn mir der Kaiser 1000 Gulden gibt, so schreibe ich ihm eine deutsche Oper, und wenn er mich nicht behalten will, so ist es mir einerlei."

Freund Pablo geht mit seinen Bewunderern nicht besser um als Mozart mit dem armen Wieland. Noch einmal Fernande Olivier: „Die Österreicher, die Deutschen, die Schweden, die oft mehr verstandesmäßig als künstlerisch eingestellt waren, schrieben seiner neuen Technik einen tiefen philosophischen Sinn zu, den sie wirklich nie gehabt hat. Sie diskutierten manchmal mit dem Künstler, bis er müde wurde. Übrigens langweilte es ihn immer, wenn man ihn zwingen wollte, sich in Worten auszudrücken."

Mozart wird zwar nicht müde, als er im Mai 1778 bei der Herzogin de Chabot ans Pianoforte gebeten wird. Aber er friert und ist stinksauer, dass man ihm ein schlechtes Klavier zumutet und nicht einmal zuhört. Die großen Elogen, die man ihm anschließend macht, nimmt er so, wie sie nur gemeint sein können: als Geschwätz. „Die Leute machen halt Komplimente und dann ist's aus ... Wenn hier ein Ort wäre, wo die Leute Ohren hätten, Herz zum Empfinden, und nur ein wenig etwas von der Musik verstünden, und Gusto hätten, so würde ich von Herzen zu allen diesen Sachen lachen, aber so bin ich unter lauter Viecher und Bestien (was die Musik anbelangt)."

Können macht einsam. Selbst unter Freunden – vielleicht gerade dort. Die Muse Olivier über einen Besuch Picassos bei Gertrude Stein: „Einmal, als er sah, dass Steins zwei seiner Bilder gefirnisst hatten, ohne ihn um Erlaubnis zu fragen, wurde er von einem heftigen Zorn gepackt. Er wollte sofort weggehen und seine Bilder mitnehmen, die er durch den Firnis entstellt fand. Nur mit großer Mühe konnte man ihn davon abhalten, einen Skandal zu veranstalten."

Unverstanden sein, das allein wäre indes ein zu schwaches Band, um die besondere Nachbarschaft von Mozart und Picasso zu würdigen. Unverstanden sein ist keineswegs ein Privileg dieser beiden Giganten. Unverstanden fühlen kann sich jeder, der es nicht vermag, sich auszudrücken, oder jede, die sich mit ihrer Hervorbringung an ein dummes Publikum wendet. Bei Mozart oder Picasso handelt es sich jedoch nicht um ein subjektives Nichtverstehen oder Nichtverstandensein. Es handelt sich nicht (nur) darum, dass ein bestimmtes Publikum mit ihren Werken „nichts anzufangen" weiß. Mozart und Picasso – so ist oft genug und in jedem ernsthaften Versuch über sie festgestellt worden – können nicht einmal von denen, die sich lebenslänglich wissenschaftlich mit ihnen auseinandersetzen und die ihre Arbeiten lieben, begriffen werden. Ihre Art, mit Stoff, Form und Material umzugehen, umschließt ein letztes Geheimnis, das intellektuell nicht zu lösen ist.

Beide – der Komponist des 18. wie der Maler und Bildhauer des 20. Jahrhunderts – wählen stets den direkten Weg. Es geht ihnen nicht um Programme und Botschaften. Sie wollen mit ihren Werken weder die Welt verbessern noch einer besonderen Frömmigkeit Vorschub leisten. Sie verwandeln „einfach" Energie in Musik oder in bildnerische Form. Picasso wie Mozart arbeiten in der Gegenwart. Für die Nachwelt interessieren sie sich ebenso wenig wie für die Autoritäten neuer oder alter Traditionen. Picasso: „Alle wollen die Kunst verstehen. Warum versucht niemand, das Singen eines Vogels zu verstehen? Warum liebt man die Nacht, Blumen, alles, was uns umgibt, und versucht nicht, es zu verstehen? Nur wenn es um Malerei geht, wollen die Leute verstehen. Wenn sie nur begreifen wollten, dass ein Künstler arbeitet, weil er arbeiten muss, dass er selbst nur ein ganz kleines Teilchen der Welt ist und dass man ihm nicht mehr Bedeutung zumessen sollte als den vielen anderen

Dingen, die uns auf der Erde Freude machen, auch wenn wir sie nicht erklären können."

Indem sie sich bei ihrer Arbeit bedenkenlos aller Erfahrungen, aller Techniken, allen Könnens, aller Methoden und Stile bedienen, wenn das jeweils gewählte Mittel nur dazu taugt, die Aufgabe zu lösen, setzen sich die Genies über alle Kategorien hinweg. Sie sind nicht Teil einer allgemeinen Stilentwicklung. Sie zeigen in ihrem Schaffen nicht eine reifende Persönlichkeit. Sie haben nicht den Ehrgeiz, irgendjemandem oder einem Etwas treu zu bleiben: nicht sich selbst, nicht den Erwartungen einer Fachwelt, eines großen Publikums, einem Prinzip oder gar einer Methode. Es geht weder Picasso noch Mozart darum, einen Stil zu erfinden oder zu vertreten. Indem sie alles daransetzen, ihre Werke sprechen zu lassen, entwerfen sie eine neue Bildersprache, eine neue Klangrede. In dieser Sprache sprechen nur sie. Es ist nicht Kubismus oder Surrealismus – es spricht Picasso. Es ist nicht Rokoko und nicht Klassik – wir hören Mozart.

Und schon stehen wir wieder vor einem Paradoxon: Wenn Picasso seine Essenz in Striche und Formen auflöst, wenn Mozart sie zwischen Tönen und Takten unsichtbar macht, so ist sie doch da. Was ist diese Essenz, das Wesen jenseits der Existenz, jenseits des persönlichen Seins? Sie ist jedenfalls nicht der Charakter des Künstlers, nicht sein Ego, sicher aber viel mehr als das. Diese Essenz ist es, die die großen Erklärer stammeln lässt, sie zu sprachlosen, menschenleeren Worthülsen der bekannten Art zwingt: Wunderkinder, von den Musen geküsst, von den Göttern geliebt, mit dem Eros gesegnet, nicht am Unterschied zwischen Wollen und Vermögen leiden zu müssen, und Ähnliches mehr.

Was ist zu tun? Man könnte in Hamburg in die neue Inszenierung von „Cosí fan tutte" gehen und die Bielefelder Picasso-Ausstellung besuchen. Oder man legt eine Schallplatte mit dem d-Moll-Streichquartett KV 421 auf den Teller und nimmt den Katalog vom Pariser Picasso-Museum zur Hand.

Das Werk in d-Moll ist eines der sechs Quartette, die Mozart seinem Freund Haydn gewidmet hat. In einem Brief an Haydn nennt er die Kompositionen „Frucht einer langen und beschwerlichen Arbeit“ – ungewöhnlich für einen Mann, dessen Partituren ohne Korrekturen direkt aus dem Kopf aufs Papier zu fließen schienen. Der Mozart-Forscher Alfred Einstein findet für die Quartette nur eine Metapher: „Musik aus Musik“.

Im Katalog des Picasso-Museums ist auf Seite 179 unter der Nummer 370 der „Stierkopf“ abgebildet, der wie nur wenige Objekte der Kunstgeschichte zeigt, was gemeint ist, wenn man einem Künstler zuspricht, er habe den direkten Bezug zu Material und Form. Der „Stierkopf“ besteht aus zwei ursprünglichen Teilen: Fahrradsattel und Lenkstange. Picasso fand sie in einem Haufen weggeworfener Sachen, schmolz sie in Bronze und setzte sie zusammen. Wobei Picasso die Flüchtigkeit der Assemblage wichtig war. Er stellte sich vor, sie könnte sich jederzeit wieder in ihre Bestandteile zersetzen und als Sattel und Lenkstange auf einem Fahrrad davonfahren.

Nicht weit vom „Stierkopf“ ist im Museum im Hotel Aubert de Fontenay der „Mann mit dem Schaf“ zu sehen. Die Figur wurde bald nach ihrer Schöpfung im März 1943 zum Gegenstand symbolistischer Interpretationen. Kritiker wollten in ihr den christlichen Mythos vom guten Hirten erkennen. Picasso wehrte sich: „Es ist überhaupt nicht religiös. Der Mann könnte statt des Schafes ein Schwein tragen! Darin steckt keine Symbolik. Es ist einfach schön … In dem ‚Mann mit dem Schaf‘ habe ich ein menschliches Gefühl ausgedrückt, ein Gefühl, das heute existiert, wie es immer existiert hat.“ Mal abgesehen von Schaf und Schwein, Mozart hätte sich nicht gewehrt, wenn man so seine Haydn-Quartette beschrieben hätte.

Und wenn Guillaume Apollinaire von der Kraft seines Freundes Pablo sagt, sie mische „das Köstliche und das Entsetzliche, das Verworfene und das Delikate“ – wer wollte diese Beurteilung nicht auch auf Mozarts Geniestreich „Don Giovanni", seinen Minotaurus, anwenden können?

Pablo und Amadé lieben die Maskerade. Pablo hat für die Nacht im Bistro ein Hemd aus sandfarbener Wolle angezogen. Dazu hat er eine prächtige blassblaue Krawatte mit weißen Punkten gewählt. Amadé hat sich für ein Harlekinkleid entschieden, wie er es im Wiener Fasching 1783 trug. „Ich fühl' mich auch wie damals", kichert er und haut Pablo auf die Schulter, „außer dir und mir lauter Eseln auf der Redoute."

Der Morgen graut, als Pablo und Amadé aus dem „Farbton" treten. Irgendwann zwischen Nacht und Tag haben sie zwei Griechinnen aufgegabelt. Pablo Arm in Arm mit Aphrodite, Amadé händchenhaltend mit einer gewissen Athene, wandern sie im Morgenlicht die Milchstraße hinauf. Fragen Sie Harry Haller. Dem sind sie begegnet, als er seinen Steppenwolf noch einmal Gassi führen wollte.

König Artus und die Toten im Saxetenbach

Sind die wahnsinnig? Warum stürzen sich Menschen von Brücken? Warum klettern sie ungesichert nackte Felswände empor? Warum stürzen sie sich in reißende Bäche?

Bald nachdem 21 Touristen im Sommer 1999 nahe dem schweizerischen Ferienort Interlaken in einer Bachschlucht ertranken, weil ihre Führer die Risikorechnung ohne das Wetter gemacht hatten, erreichte der Schrecken dieses sinnlosen Todes Wohnzimmer, Kanzeln und Redaktionsstuben.

Warum setzen Menschen ihr Leben aufs Spiel für ein bisschen Spaß und Nervenkitzel? Braucht man das wirklich, um sich zu erholen? Warum begnügen sich die Risikosüchtigen nicht mit Sonnenbaden, Minigolf und Spazierengehen? Die Antwort mag nicht befriedigen: Fun-Sportler – wie sie sich selbst nennen – brauchen die Grenzerfahrung eben. Mit Ratschlägen, vorsichtiger zu sein, ist ihnen nicht beizukommen. Und jenen, die sich am Tage nach dem Unglück im Saxetental in irgendeinem anderen Canyon der Welt fertig machten zum Einstieg, wird die taufrische Nachricht vom Tode der Gleichgesinnten eher zusätzliche Motivation beschert denn sie davon abgehalten haben.

Gefahr muss schon existieren können, um sie zu überwinden. Das Ziel ist nicht der Tod, sondern der Sieg über ihn. Computersimulationen bieten nur künstliche Risiken. Der Mythos Abenteuer funktioniert nur Aug in Aug mit dem Ungeheuer.

Warum sind König Artus und seine Tafelrunde nicht im Schlosshof zu Camelot geblieben, um sich weiterhin mit stumpfen Waffen in Turnieren zu duellieren? Fun-Sport ist so alt wie die Menschheitsgeschichte. Und das Interesse an dieser Art der Freizeitgestaltung wächst, je weniger Lebensgefahr im Alltag steckt. Die Bauern in Britannien brauchten den Kick nicht, sie hatten den Tod in ihren bescheidenen Hütten jeden Tag zu Gast. Sie mussten ihn nicht suchen.

Die Hirten in den Alpen wären nie auf die Idee gekommen, zum Spaß das Matterhorn zu besteigen. Höchstens als Bergführer, für Geld. Wie die Sherpas im Himalaja. Solange Wohlstand, Gesundheit und Sicherheit Privileg der Reichen waren, blieb ihnen auch das Spiel mit dem Leben vorbehalten. Wobei aber die Mehrheit der Etablierten lieber mit Geld oder mit dem Leben anderer spielte.

Die Oberschicht-Engländer des 19. Jahrhunderts erfanden das Bergsteigen. Dafür büxten die Söhne süddeutscher Beamten- und Kaufmannsfamilien aus, um zur See zu fahren. Die kaiserliche Kriegsmarine sprach zu guten Teilen schwäbisch oder bayrisch. Der Geruch von Teer und Tang als Duft von Freiheit und Abenteuer. Andere bevölkerten die Fremdenlegion, dürsteten in der Wüste oder taten sonst was Lebensgefährliches.

Wer auf die mächtigen Außenreize verzichten kann, weil in seinem Herzen Stürme toben, sollte auf die Andersartigen nicht herunterschauen, die das Lebenselixier Todesangst brauchen. Bedauern muss er sie allerdings auch nicht, wenn sie trotz exakt kalkulierten Risikos und gelöster Rückfahrkarte auf der Strecke bleiben. Selbst schuld! Besser: auf eigene Verantwortung.

Das Einzige, was man von den Risikobedürftigen fordern darf, ist der Verzicht auf die Gefährdung unbeteiligter Dritter. Wer Kinder hat, überlegt sich dreimal, ob er von der Brücke springt – am Gummiseil. Die Nasa bevorzugt deshalb Väter und Mütter als Astronauten. Risikofreaks sind auf Weltraummissionen unerwünscht. Wer seine Selbstverwirklichung zulasten anderer betreibt, verhält sich asozial. Das gilt für Verkehrsrowdys. Und es gilt für viele, die ihren Wunsch nach Nervenkitzel im Spießbürger-Biathlon Seitenspringen und Fremdgehen befriedigen.

Wer über unsere Straßen rast oder seine Familie betrügt, hat nicht den mindesten Grund, sich moralisch über jene zu erheben, die auf eigene Rechnung den Tod suchen, in der Hoffnung, neuen Lebenssinn zu finden.

Und auch an die Planer immer neuer Erlebnisparks, erschlossener Skigebiete und waghalsiger Seilbahntrassen sei eine Botschaft adressiert: Wie weit sollen die Abenteuerhungrigen noch getrieben werden? Wenn auf jeden schönen Alpengipfel eine elektrische Steighilfe führt, wenn Natur zur Kulisse des Rundum-sorglos-Lebens verkümmert, dann müssen die Extremisten die schmale Kante nutzen, die außerhalb der erschlossenen Räume noch bleibt. Nichts ist schrecklicher – und da spreche ich aus persönlicher Erfahrung –, als morgens um neun nach einer schweren Klettertour auf 200 Sandalen tragende und Gettoblaster schleppende Seilbahnfahrer zu stoßen, die das Gipfelbuch mit Zoten und Angebereien vollsudeln.

Nimm teil an deinem eigenen Leben

Eine Familie aus Göttingen macht Urlaub auf der Südseeinsel Borneo und wird von Terroristen entführt. Ein Junge namens Elián soll aus den Vereinigten Staaten zu seinem Vater nach Kuba zurückkehren. Eine Bestsellerautorin verlässt ihre Familie und zeigt sich mit neuem Lover. Was kümmert's uns?

Wer in ferne Länder reist, geht schwer zu kalkulierende Risiken ein. Familienzwist, Streit um Kinder gab es zu allen Zeiten und wird es immer geben. Und Liebe und Lust der einen waren seit Menschengedenken Trauer und Frust für die anderen.

Was also soll die ganze Aufregung? Wenn wir es nicht lesen, sehen und hören wollten, würde nicht darüber berichtet. Verleger und Intendanten, Blattmacher und Nachrichtenredakteure wollen ihre Medien verkaufen. Sie bieten an, was nachgefragt wird. Warum aber interessieren uns die entführte Familie, das kubanische Kind und der Freund von Hera Lind? Sind wir Voyeure oder zu grenzenlosem Mitgefühl geborene Mitmenschen?

Menschen brauchen Geschichten über andere Menschen. Das macht Menschen aus. Sie müssen einander dazu nicht persönlich kennen und schon gar nicht mögen. Die Menschwerdung begann damit, dass jemand jemandem anderen eine Geschichte über einen abwesenden Dritten erzählte. Die Erzählung ergänzt und relativiert das selbst Erlebte. Eine Steinzeitsippe ohne Jagdglück fand vielleicht Trost darin, dass der Schamane von einem Clan aus grauer Vorzeit wusste, der einen ganzen Winter hungernd überlebt hatte.

Die wandernden Chronisten, die Barden, Troubadoure und Sänger, nicht zuletzt die Autoren der biblischen Geschichten, sammelten und verarbeiteten die Einzelschicksale, verwoben sie zu Mythen, überhöhten sie in Sagen und Märchen, meißelten aus ihnen das Wesentliche heraus, formten Alltag zu Literatur. Und sie lieferten mit ihren Erzählungen über Menschen den Zuhörern und Lesern Stoff für deren Gespräche über das eigene Leben.

In den Geschichten über Menschen, Schicksalsschläge, Freud und Leid stecken die Grundfragen, mit denen sich jedermann und jedefrau auseinandersetzen müssen, gleich, welcher Kultur sie angehören, gleich, wo sie leben.

Werden die Geiseln gerettet? Gehört ein Kind zu seinem Vater? Darf eine Mutter der Liebe wegen ihre vier Kinder verlassen? Das kümmert Menschen. Kann jemand, der gerne die Bibel zur Hand nimmt, seine Nase über Boulevardjournalismus rümpfen? Suchen „Bild"-Leser und Bibel-Leser nicht eigentlich dasselbe?

Ob Elián wirklich lebt und Hera Lind wirklich so lebt, wie es die Medienkolporteure berichten, wird zur Nebensache. Ob ein Drache die Geiseln in den Wald gezerrt hat oder ob es Terroristen waren, ebenfalls. Die Geschichten werden dadurch interessant, dass die Akteure Namen und Gesichter haben. Dadurch werden sie lebendig. Sie werden zu Bekannten, in jedem Sinn des Wortes. Was ihnen widerfährt, beginnen die Leserinnen und Zuschauer in ihre eigene Lebenswirklichkeit hereinzuholen, vergleichen es mit persönlichen Erfahrungen.

Der Würzburger Theologe Klaas Huizing sieht in der literarischen Potenz der neutestamentlichen Erzähler die eigentliche Anziehungs- und Aussagekraft des Jesus von Nazareth. Ihr Porträt von Christus in Gleichnissen und Geschichten lässt den Erlöser im Lesen Fleisch werden. Und das seit annähernd 2000 Jahren. Jeden Journalisten, jeden Erzähler muss das bescheiden machen. Und das ist aus Journalistensicht das größte denkbare Kompliment für Paulus und die Evangelisten. Wir hoffen, dass unsere Geschichten einen Tag wirken, eine Woche, einen Monat vielleicht.

Wie soll Mitmenschlichkeit entstehen ohne Teilnahme? Wie soll Teilnahme entstehen ohne Neugier auf fremdes Leben? Die Sünde, so schreibt Huizing, steckt im modernen Ideal der Coolness, der Unbetreffbarkeit, der Gefühlskälte. Können dem, der sich um das Los der Geiseln in der Südsee, um die Zukunft Eliáns und der Kinder von Hera Lind kümmert, die Nachbarn und ihre Kinder egal sein? Ja, sie können. Bisweilen. Teilnahme beginnt nicht bei den anderen, sondern bei einem selbst.

Bernhard von Clairvaux schreibt an seinen früheren Mönch, den späteren Papst Eugen II.: „Damit deine Menschlichkeit allumfassend und vollkommen sein kann, musst du also nicht nur für alle anderen, sondern auch für dich selbst ein aufmerksames Herz haben … Wie lange noch schenkst du allen anderen deine Aufmerksamkeit, nur nicht dir selber! Ja, wer mit sich selbst schlecht umgeht, wem kann der gut sein? Denk also daran: Gönne dich dir selbst."

Urlaub

Ich will hier raus. Ich hab den Regen satt! Ich möchte ohne Ende in die Sonne blinzeln, mit nackten Füßen durch den heißen Sand den Strand durchmessen. Ich sehne mich nach lauen Abenden, an denen ich den Wein des Südens schlürfe, in der Nase den Duft der frischen Fische auf dem offenen Grill.

Ich will hier raus! Ich will hier raus! Ich mag die deutschen Brote nicht mehr kauen. Grau, braun, vollkörnig und gesund. Ich träume vom Baguette, vom bleichen Krisenstab der Gallier, vom Ciabatta in den Tavernen Roms. Ich brauche den würzigen Kaffee unter den Arkaden von Arezzo oder auf den Ramblas im Herzen Barcelonas. Ich will hier raus! Ich will da rein! In fremde Betten, heute hier und morgen dort. In den verschwiegenen Albèrghi der Toskana oder den kleinen Auberges am Rande von Avignon und Pau.

Ich will da rein! Ich will ins Zelt! Naturnah auf der Mutter Erde liegen, in meinem Schlafsack, die Gitarre neben mir. Und meine Taschenlampe ausprobieren, wenn ich nächtens zu Fuß dem Kaiser folgen muss. Und morgens, das Handtuch um den Hals, reih ich mich ein in die Schar der fröhlichen Fremden, schmalen Auges sich vor dem Spiegel an dem langen Troge wässernd. Ich will ins Camp!

Tapetenwechsel! Neue Orte – neues Glück.

Das Gewusel auf den Märkten der Levante suche ich. Eintauchen in den knatternden Lärm der Straßen von Athen. Inmitten von Millionen Briten diszipliniert an U-Bahn-Gleisen der herbeidonnernden Züge harren. Tapetenwechsel brauche ich!

Dann liegt sie hinter mir, die täglich triste Heimat, und mit ihr schrumpft entfernend sich der ewig gleiche Trott. Ich muss sie nicht sehen, die mickrige, glatte Buche vor meinem Fenster zum Hof.

Ich find sie doof, wenn mich das kühlend dunkle Grün apulischer Zypressen grüßt.

Adieu, ihr ewig gleichen Gesichter! Freunde am Stammtisch, Kolleginnen im Büro, der jätende Vater in Nachbars Garten – adieu, ihr alle! Ich fahr weg! In Kenia dem Nashorn ins Auge schauen. Oder schnorchelnd dem Rochen begegnen im azurblauen Meer. Die Señorita in der kleinen Bar anlächeln statt Tante Gerda jeden zweiten Sonntagnachmittag am Kaffeetisch. Adieu!

Zwei Wochen möchte ich bleiben oder drei oder vier. Nach einer Woche denke ich: Am liebsten bliebe ich ewig hier! Ich schreibe einfach ins Büro: Schickt mir die Papiere. Und dem Vermieter: Hiermit kündige ich fristgerecht. Die Möbel bitte in Tante Gerdas Garage lagern.

Es ist perfekt. Ich bin endlich raus. Nach mir die Sintflut. Lebt wohl. Der Traum als Leben – es ist erreicht. Wirklich?

Die Sonne der Meseta brennt die Wiesen braun. Fast 40 Grad im Schatten. Kein Wölkchen zeigt sich auf dem stählernen Blau. Zwei Wochen Spanien reichen. Ein wenig Grün – und auch ein bisschen Regen –, das hielte ich nun ganz gut aus.

Das Rote Meer ist schön, ist warm, doch ziemlich salzig. Ein Bad im Stadtparkweiher meiner Stadt könnte mich erfrischen. Doch zu Hause – ach, bleibt mir damit weg. Der Badeplatz am heimischen Gewässer wird jeden Morgen frisch geharkt. Hier tun sie es nicht. Im Sand lag eine Scherbe. Nun fühle ich mich dem Süden zwar verbunden, doch unter dem Verband an meinem Fuß die blutende Wunde – die spüre ich auch.

So sitze ich beim roten Wein und mag ihn gar nicht recht genießen. Ein kühles Bier, ein Gläschen Riesling daheim auf meinem Sofa täten's auch. Und dann mein Hund zu meinen wunden Füßen – wie es dem wohl bei den Schwiegereltern geht? Er fehlt mir echt, der treue, schlecht erzogene Kerl.

Der Rücken schmerzt, wie immer nach zwei Wochen Frankreich. Noch nie etwas von orthopädischen Latexmatratzen gehört zwischen Lyon und Marseille? Dass die in diesen hängenden Zumutungen Ruhe finden? – Ihr Franzosen seid ein kerniges Volk! So kernig wie unser täglich Brot. Danke für die Ration Baguette zum Frühstück, für die nächsten zwei Jahre habe ich davon genug.

Das Klo vom Zeltplatz stinkt nicht nur zum Himmel. Auch die fünf Meter zu meinem Zelt sind kein Problem für expansiven Gestank. Im Schlafsack träume ich von den Pyramiden. So müssen sich Mumien fühlen, Jahrtausende zu bewegungsloser Ruhe gefesselt. Doch die sind tot, mich macht die Enge langsam krank.

Ich kann es nicht leiden, wenn im Waschraum jeder Zweite beim Zähneputzen gurgelt. Oh wär' ich doch in meinem schnieken Bad allein! Auf den Latrinen pupsen sie gewaltig. Muss gestern ein schöner Abend mit Zwiebeln und viel Knoblauch gewesen sein.

Costa Cordalis und die anderen Griechen sind erträglich, sperrt man sie in einem Fernseher ein. Als Autofahrer in Athen sind sie lebensgefährlich, kein Rot, kein Grün der Ampeln leuchtet ihnen ein. Drum Freunde, sage ich ganz ehrlich: Ich möchte viel lieber in Hamburg, Dresden oder München zur Hauptverkehrszeit in meinem schönen, neuen Auto sitzen.

Mag sein, dass Briten diszipliniert sind, wenn sie am Busstopp in einer langen Reihe warten. Es sind zu viele, London ist zu groß.

Mir reichen Augsburg oder Lübeck oder Hanau – das sind für mich genügend große Städte. Dort zu leben, das finde ich famos.

Drei Wochen Fremde, drei Wochen außer Landes, drei Wochen außer sich – die waren schön. Es hat mir Spaß gemacht. Jetzt geht es heimwärts, in den eigenen Garten. Der Rasenmäher wartet. Ich freue mich auf ihn.

Ich freue mich auch auf meine weißen Raufasertapeten. Die bunten Blumenmuster an den Wänden der Albèrghi und Auberges, die bin ich gründlich leid. Genauso wie die ewigen Zypressen. Die Buche vor meinem kleinen Fenster trägt doch auch ein schönes Blätterkleid.

Ich gehe zum Stammtisch, schwatze mit den Kolleginnen, spiele am Donnerstagabend zwei Stunden Volleyball. Ich schaue in der Glotze Fußball. Wenn ich mich über Waldi Hartmanns Kommentare ärgere, weiß ich wenigstens, warum. Von Baseball, was sie im US-Fernsehen dauernd zeigen, verstehe ich wenig, genau genommen nichts. Und eines muss man den deutschen Sportreportern lassen: Sie schreien jedenfalls nicht beim geringsten Anlass hektisch rum.

Nun kann man mich für recht vernagelt halten. Bin ich zur Freiheit nicht begabt und weit davon entfernt ein Kosmopolit zu sein? Vor drei Wochen hätten mich derartige Vorwürfe noch wüst erregt. Heute ertrage ich sie locker und wünsche mir einfach, bald wieder in meinen Alltag zurückgekehrt zu sein.

Ich halte Regen aus. Okay, keinen Dauerregen und nicht zehn Grad im allerhöchsten Sommer. Ich gönne mir einen Filterkaffee, es muss nicht immer Espresso sein. Ich geh aufs Klo, wann ich will und so lange ich will.

Ich will hier weg, ich möchte nach Hause, bis nächstes Jahr bin ich ganz froh, bei mir daheim zu sein.

Lebensabend – die dritte Jugendzeit?

Die Rentendiskussion ist vom Wehklagen über die immer weniger werdenden Jungen geprägt, die immer mehr alte Menschen zu versorgen hätten. Rein statistisch ist das richtig. Wie alle Urteile, die sich auf bloße Messdaten gründen, fehlt auch dem Verdikt von der vergreisenden Gesellschaft die Tiefenschärfe.

Es handelt sich um ein Horrorgemälde, das mich als 42-jährigen Vater eines vierjährigen Sohnes zunächst auch beeindruckt hat. In jüngster Zeit haben sich immer häufiger Zweifel in die Festung meiner Gedanken geschlichen. Sie trugen das Gewand von Fragen und zersetzten auf subtile Weise das schlichte Bild vom Generationenkonflikt.

Als ich jüngst einen Vortrag nachlas, den der Frankfurter Soziologe Karl Otto Hondrich einmal bei einem Symposion des Deutschen Jugendinstitutes gehalten hat, wurde mir endgültig bewusst, dass die Versorgungsthese unzureichend bleibt, wenn sie nicht in eine kulturelle Betrachtung eingebettet wird. Der Streit um die materiellen Ressourcen liefert nur Hinweise auf das tatsächliche Problem: den dramatischen Wandel unseres kulturellen Selbstverständnisses.

Die Fragen richten sich an Leute meines Alters, die sogenannte Leistungsträgergeneration zwischen ganz jung und ganz alt. Und die erste nimmt gleich zu dieser locker hingeplauderten Selbstbeschreibung Stellung:

Wir Menschen zwischen 35 und 50, sind wir alt oder jung? Noch vor 100 Jahren hätten wir stolz auf zwei Drittel eines erwartbaren Menschenlebens zurückschauen können. Die Mehrheit der Jungen hätte uns von sich geschieden. Wir selbst hätten uns von ihr abgegrenzt und auf Respekt gepocht. Heute sehen wir uns als jung an, weil die Mehrheit älter ist als wir. Und wir demonstrieren in unserer Lebensweise, dass wir noch eine Menge Zeit vor uns haben.

Wann produzieren wir Nachwuchs? Biologisch gesehen erlischt mit der Geschlechtsreife der Jungen und der damit einhergehenden Selbstständigkeit die Lebensaufgabe der Alten. Mit zunehmender Lebenserwartung verhalten wir uns also regelkonform, wenn wir erst um die 30 (oder später) unsere Nachkommen in die Welt setzen. Der Trend ist ungebrochen.

Wie lange zählt man zur Jugend? Solange man versorgt und gehegt wird und ökonomisch unselbstständig ist. Dass ein 14-Jähriger alleine als Lehrling in die Fremde geht, war noch vor wenigen Jahrzehnten üblich. Und wer mit 25 noch an einer Hochschule eingeschrieben war, galt als ewiger Student. Wer mit 30 Jahren noch ledig war, musste sich als Hagestolz oder spätes Mädchen schmähen lassen. Die Zeiten sind vorbei. Wahr ist aber auch: Die Älteren bestimmen immer länger über immer weniger Nachkommen.

Wie lebt die Minderheit der ganz Jungen innerhalb der Mehrheit der anderen? Kinder leben in der Welt der Erwachsenen nicht nur schlecht. Sie lernen viel und früh in dieser Umgebung. Sie werden von Erwachsenen geprägt. Scheidungen und Wiederverheiratungen sorgen dafür, dass an die Stelle der ursprünglichen Mehr-Kinder-Familie zunehmend Mehr-Eltern-Familien mit ein oder zwei Kindern treten.

Wir leben im Ergebnis in einer Erwachsenenwelt: Die Selbstverständlichkeit einer Kinderkultur schwindet. Wo lautes Lachen und Weinen, wo Kinderlärm die Ausnahme ist, gibt es auch weniger Leute, die damit zurechtkommen. Da ist Streit programmiert oder Toleranz gefordert. Und Kindheit muss regelrecht inszeniert werden. Jugendkulturen, sagt Karl Otto Hondrich, sind defensive Einrichtungen, in denen die Illusion verteidigt wird, anders zu sein als die Älteren.

Wann ist man alt? Da das Wissen unter modernen Bedingungen rascher veraltet, wird man eigentlich nie fertig, erlangt nie den Status wissend und weise. Auch in vergleichsweise hohem Alter fangen viele (keineswegs alle freiwillig) mit 40 noch mal von vorne an, erlernen einen neuen Beruf – eine zweite Jugend also.

Und körperlich? Frauen und Männer jenseits der 70 treiben Wettkampfsport, fliegen mit Gleitschirmen und steigen auf Viertausender. Sie sind mobil und fit, weigern sich, im Bus Platz zu nehmen, wenn Mama zu ihrem Dreikäsehoch sagt: Steh auf, lass die Oma und den Opa sitzen!

Der Lebensabend als dritte Jugend? Die Rente, früher den Hochbetagten über 65 vorbehalten, wird systemwidrig zur Massenversorgung, während die längere und intensivere Nachwuchsbetreuung zum teuren Elternvergnügen entartet.

Adenauers Satz, für Familien müsse man nichts tun, Kinder bekämen die Leute von alleine, ist längst Makulatur. Die Mehrheit muss künftig die Minderheit fördern. Ehret die Kinder!

Zum Glauben gehört Leiden

Die religiöse Dimension des Fußballs: Das erlösende Tor

An manchen Samstagnachmittagen, kurz vor halb sechs, weiß der Manager Lutz H., dass die nächste Woche bereits gelaufen ist, bevor sie angefangen hat. Alles wird schiefgehen. Deshalb: Keine Verträge abschließen! Lutz H. wird mit gebändigtem Ehrgeiz seine Aufgaben erfüllen. Und er nimmt sich vor, seine Familie an diesem Wochenende möglichst wenig mit schlechter Laune zu terrorisieren. Er geht schwimmen – allein. Oder Golf spielen – allein. Oder er zieht sich in sein Zimmer zurück und liest, vorzugsweise Sachen, die ihn nicht an Fußball erinnern.

An Samstagen wie diesen hat Lutz H.'s Lieblingsverein, der Hamburger SV, in der Fußballbundesliga ein Spiel verloren. Eine Niederlage – vor allem eine völlig unerwartete – ist für Menschen wie Lutz H., die zur Gemeinde der echten Fans gehören, eine Art Schicksalsschlag, eine Bestrafung durch den Fußballgott. Wieder blieb die Erlösung aus. Ihre Stoßgebete gegen Spielende wurden nicht erhört: Aber schieß nur ein Tor, so wird meine Seele gesund! Für Fußballfreunde wie den smarten Enddreißiger H. ist der Fußball Religion und sein Lieblingsverein fungiert als Kirche.

In eine Glaubensgemeinschaft, so war es zumindest früher, wird man hineingeboren. Oder man hat ein Bekehrungserlebnis. Fußball-Gläubigen geht es genau so. Die Offenbarung findet oft bei einem zunächst zufälligen Besuch eines Spiels des künftigen Lieblingsclubs statt. Mal ist es ein Tor, mal sind es die Schlachtgesänge aus der Fankurve, die den entscheidenden Kick erzeugen. Es sind aber auch schon Bekehrungen vor dem Radio oder dem Fernseher vorgekommen. Ein magischer Akt, an den sich die Betroffenen oft noch

Jahrzehnte später in allen Einzelheiten erinnern. Erinnern, wohl gemerkt – erklären, was geschah, können nur die wenigsten.

Das Wunder, nicht nur das von Bern, ist für Fußball-Anhänger eine ganz selbstverständliche Kategorie. Wenn die Gläubigen von Spielen wie von Erweckungserlebnissen berichten, benutzen sie Sprache und Begriffe, die in der christlichen Mystik entwickelt wurden. Es läuft ihnen ein Schauer über den Rücken, wenn die Vereinshymne erklingt. „FC Bayern, Stern des Südens, ja so heißt er, mein Verein… Meerstern ich dich grüße, oh Maria hilf!" Die Texte des Club- und des Marienliedes ließen sich leicht austauschen.

Zum Glauben gehört Leiden. Wer echter Fan ist, wurde erwählt – nicht er hat sich den Verein ausgesucht. Deshalb kann man sich nicht einfach nach einer schwarzen Serie davonmachen und zu einer neuen Kirche konvertieren. Man muss da durch, notfalls inklusive Abstieg.

Wie würde man auch vor Freunden und Familie dastehen? Die Prozessionen und Wallfahrten, besonders bei Auswärtsbegegnungen mit traditionellen Feindklubs, würden wegfallen. Man wäre ein Ausgestoßener, quasi exkommuniziert.

Religion bedarf der Bestätigung im Ritual. Ein Fußballspiel in der Bundesliga, so hat der Theologe Joachim von Soosten erkannt, entspricht in seiner Liturgie ziemlich genau einem Gottesdienst. Evokation: „Mit der Nummer 13 Michael…", ruft der Stadionsprecher, „… Ballack!", antwortet die Gemeinde. Die Tore der eigenen Mannschaft laben wie das Abendmahl, die gegnerischen sind Bußübungen. Bei Rückstand werden die Fürbitten immer verzweifelter: „Erlöse uns von einer Niederlage gerade gegen Schalke!" Die Gemeinde hat sich festlich gekleidet. Als Kirchenfahnen fungieren Banner und Transparente – „BVB – die Eisernen aus Lüdenscheid" – und als Choräle singt man „Steh auf, wenn du ein du ein Kölner bist" oder „Wir holen den DFB-Pokal und wir werden Deutscher Meister".

Wenn Lutz H. am Montagmorgen ins Büro geht, hat sich seine miese Laune meist schon ein wenig verbessert. Beim ersten Meeting trifft er auf Jens B. (seit Kindesbeinen ein Borusse und zwar ein Gladbacher!), dessen Truppe hat auch verloren. Das sorgt für Ökumene in der Depression. Das Gespräch unter Geplagten hilft, vor allem wenn es mit ehrlicher Anerkennung der eigenen Götter verbunden ist: „Gegen den VfB hättet ihr nie und nimmer verlieren dürfen, ihr wart doch über 90 Minuten die klar bessere Mannschaft! Aber uns hat dieser Schiedsrichter auch schon verpfiffen!"

Selbst Kollege Andreas K. aus Süddeutschland kann Lutz H., an diesem Montag aushalten, obwohl der Bayern-Fan ist und die Münchner – natürlich – am Wochenende wieder auswärts gewonnen haben. Aber K. ist kein aggressiver Bayern-Freund. Der Kollege hat schon mehrfach eingeräumt, dass bei Bayern auch nicht alles Gold sei, was in der Schatzkammer glänzt. Nur wenn die Bayern als Glücksritter dargestellt werden – als Dusel-Bayern – deren Erfolge unverdient seien, kann er in Zorn geraten. Geradezu jesuitisch verteidigt er seinen Club dann als Vereinigung der Gerechten, die schon hart gearbeitet und klug voraus geplant hätten, als andere ihr Erbe in Saus und Braus verjubelten. Nein, die Kollegen, sind keine Plage für den HSV-Fan Lutz H. Sie sind Eingeweihte, ja Verbündete, die wissen, wie man leidet, wenn man die Mannschaft, der man verbunden ist, durchs Tal der Tränen geleiten muss.

Bei Weltmeisterschaften, wie in Deutschland 2006, oder anderen internationalen Turnieren verstummt jedes konfessionelle Gezänk. Während eines großen, weltumfassenden Fußball-Konzils vereinen sich die Angehörigen der unterschiedlichen Vereinssekten und Kleinkirchen zu großen Bewegungen. Bayern- und Borussen-Fans werden gemeinsam den Deutschen die Daumen drücken bis zum Hämatom im Nagelbett. In Spanien solidarisieren sich die Anhänger von Barca und Real. In Italien verbünden sich „Rossoneri" (AC Mailand), „Nerazzuri" (Inter Mailand) und „Bianconeri" (Juventus Turin), in England die Fans der „Gunners" (Arsenal London) mit denen von ManU (Manchester United) und Chelsea. Der Löwe wird beim Lamm liegen. Und alle werden sich daran wärmen, dass der

Fußball den Globus umspannt, sie werden – bis auf wenige Ausnahmen – freundlich die Wallfahrer aus fernen Ländern in ihren seltsamen Kutten und Ornaten begrüßen. Es gibt nur einen Fußball und einen Gott.

Wie in der Religion sind reife und erfahrene Anhänger nicht mehr so leicht zu verzücken wie die jugendlichen Gläubigen. Sie haben schon zu viel erlebt, um nicht zu wissen, dass dem wunderbaren Erlebnis immer das unfassbare Grauen auf dem Fuße folgt. Doch alle vier Jahre – zur Weltmeisterschaft – ergreift auch die abgeklärten, in die Jahre gekommenen Fußballfans die Faszination des Spiels, erfüllt sie mit heiligem Ernst.

Aber gerade in WM-Zeiten begegnen die tief gläubigen Fußballverehrer jenen anderen Spielarten der Sportbegeisterten, die in ihnen die Arroganz der Treuen weckt, wie sie schon im Lukas-Evangelium beim Gleichnis vom verlorenen Sohn beschrieben ist. Da gibt es die WM-Enthusiasten, die sich nur alle vier Jahre und womöglich erst zu Halbfinal- und Finalspielen mit dem Kampf ums runde Leder beschäftigen. Die wollen nur Party machen, nicht das Geheimnis ergründen. Mit dem Fußball verbindet sie jedenfalls kein Gefühl, das in eine religiöse Dimension reicht.

Und dann sind da noch die so genannten Fußball-Liebhaber, denen nicht so wichtig ist, wer gewinnt, „die einfach ein schönes und spannenden Spiel sehen wollen". Wenn solche Kick-Ästheten von Ronaldinos Technik schwärmen, von der taktischen Intelligenz der Squadra Azzurra oder vom Tempo des englischen Mannschaftsspiels, sind die Fußball-Religiösen bedient. Diese Freunde des gepflegten Spiels verhalten sich zu den Gläubigen wie Gourmets zu Teilnehmern am Abendmahl oder wie Opernfreunde zu regelmäßigen Gottesdienstbesuchern.

Mit solchen Agnostikern hat der Fußball-Anbeter seine Last. Er empfindet sie als oberflächliche Rosinenpicker. Sie suchen in den Augen der Fans vom Schlage des Lutz H. nur das Schöne, weigern sich Buße zu tun und in Abgründe zu schauen.

Dann lieber hartgesottene Fußball-Atheisten, ist sich H. mit den Kollegen einig, eckige Charaktere, denen das Runde fremd geblieben ist, die es auch in H.'s Firma reichlich gibt. Denn die nehmen einem wenigstens im Stadion oder vor der Großbildwand nicht die besten Plätze weg. Und sie verschonen einen außerdem mit unreinem Gequassel über die heiligste Nebensache der Welt.

Amoklauf: „… und erlöse uns von dem Bösen!“

Neuer Mordrekord! So viele Leute hat ein einzelner Amokkiller in den USA noch nie getötet! Der 23-jährige Student Cho Seung-Hui, der am 16. April 2007 in der Universität von Blacksburg (Virginia) 32 Menschen erschoss und am Ende sich selbst, lieferte die finale Horrorshow zum Ergötzen am eigenen Entsetzen. Das gefundene Fressen für die Schlagzeilenfabriken des Boulevards wie für die sozialwissenschaftlichen Spekulanten der sogenannten seriösen Medien.

War er nun irre und pervers, der Sohn koreanischer Reinigungsbesitzer? Warum schrieb er in Gewalt schwelgende Theaterstücke? Sind die Lehrer schuld, die Eltern, wir alle? Oder liegt es am US-Waffengesetz, dass es zu der furchtbaren Tat kam? Das gleiche Rätselraten wie 2002 in Erfurt, als ein Exschüler am Gutenberg-Gymnasium 16 Menschen ermordete. Sicher scheint: Beide Täter waren einsam bis hin zur totalen Isolation. Beide Täter berauschten sich an Allmachtsfantasien. Mehr werden wir posthum nicht erkennen können, auch wenn wir versuchen, solche Mordtaten lückenlos zu analysieren.

Es ist die alte Geschichte des Bösen, auch wenn sie immer wieder neu erscheint. Das Böse kann die Täter erfassen, weil sie sich als Opfer fühlen. Wer sich für ein Opfer hält und alle anderen für schuldig an seinem Jammer, ist am leichtesten in Versuchung zu führen: Selbstmitleid, Selbsthass, Selbstgerechtigkeit – die brutalste Form des Narzissmus.

Was können wir tun, fragen wir uns. Wurde alles getan? Natürlich nicht. Da war einer trostlos. Da fiel einer aus der Liebe – und damit in die Hände des Bösen – und beging die teuflische Tat.

Es wird den nächsten Amoklauf geben, das nächste Selbstmordattentat, den nächsten Kindermord. Wir können „Vater unser" beten, „... und führe uns nicht in Versuchung", und wir können lieben, auch diese Sünder, und Gott bitten, dass er ihnen gnädig sei. Aber die Ausrottung des Bösen liegt jenseits des menschlich Machbaren.

Die Kultur des Holzhammers

Dass sich Beamte und Angestellte im öffentlichen Dienst darüber ärgern, wenn sie bei gleichem Lohn zwei Stunden pro Woche mehr arbeiten sollen als bisher, verstehe ich. Dass die zuständige Gewerkschaft gegen die Verschlechterung der Arbeitsbedingungen ihrer Mitglieder protestiert, ist nichts anderes als ihre Aufgabe. Was mich zunehmend stört, ist die maßlose Sprache, in die Interessenvertreter aller Art – allen voran Gewerkschafter – solchen Protest kleiden. „Menschenverachtend" sei die Erhöhung der Arbeitszeit und Ausdruck einer „zynischen, unmenschlichen Politik". So kommentierte eine Gewerkschaftsfunktionärin den Vorgang.

Wenn ich mein Sprachbewusstsein wie eine Landkarte betrachte, dann liegt „menschenverachtend" darauf in einer Klimazone mit Terroranschlägen, mit Folter, mit Menschenversuchen, mit Vergewaltigungen und Kriegsverbrechen. „Zynisch" sei jemand, der auf „grausame Weise, den Anstand verletzend" Menschen verspotte, heißt es im Duden-Wörterbuch. Das deckt sich mit meinem Empfinden. Und auch die Definition für „unmenschlich" als „grausam gegen Menschen und Tiere, ohne bei einem Menschen zu erwartendes Mitgefühl vorgehend" kann ich unterschreiben. Eine Erhöhung der Wochenarbeitszeit im Staatsdienst mit diesem Vokabular zu belegen halte ich für eine schlimme Entgleisung.

Deutschland ist eine multikulturelle Gesellschaft. Möglicherweise empfindet die zitierte Funktionärin ihre Wortwahl als durchaus angemessen, weil die Begriffe in der Kultur des Apparates, dem sie angehört, etwas ganz anderes beschreiben als in meiner Welt. „Menschenverachtend, zynisch und unmenschlich“ bedeuten in ihrem Jargon vielleicht nicht mehr als in meinem „ärgerlich“, „übertrieben“, „einschneidend“.

Solche Unterschiede sind mir nicht fremd. Ich habe sie als Journalist beispielsweise im Gespräch mit Kirchenleuten erlebt. Wenn eine evangelische Bischöfin oder ein römischkatholischer Kardinal einen Vorschlag „wenig hilfreich“ nennt, bedeutet das etwas Ähnliches, wie wenn der Chefredakteur einer Tageszeitung ihn unter Kollegen als „idiotisch“ oder in einem Leitartikel als „ziemlich daneben“ abkanzelte.

Im Schwäbischen versteht es jeder als Freundschaftsbekundung, wenn man einem Menschen zuruft: „Jetzt grüß Gott, du altes Arschloch!“ Andernorts gilt derselbe Ausruf als beleidigend und beschäftigt Gerichte, während „Hurensohn“ geradezu ein Kosewort ist. Die britische Königin wäre über beide Prädikate, kämen sie ihr je zu Ohren, „not amused“, was so viel bedeutet wie „empört und entsetzt“.

Es würde mich trösten, wenn ich sicher sein könnte, dass die Funktionärin es – aus kulturellen Gründen – nicht so gemeint hat, wie es bei mir und vielen anderen Menschen angekommen sein muss. Gleichwohl würde ich ihr und ihren Kollegen empfehlen, einmal über die Wirkung ihrer Worte nachzudenken und sich der Erkenntnis zu öffnen, dass man mit Witz und Originalität bisweilen mehr überzeugt als mit Holzhammer-Phrasen.

Schlimm wäre, wenn die Interessenvertreterin bewusst die Gleichsetzung einer unangenehmen, aber letztlich harmlosen Mehrbelastung für mitteleuropäische Wohlstandsbürger mit Folter und Terror betrieben hätte. Schlimm wäre auch, wenn sie diese wissend in Kauf genommen hätte, im Sinne von: Wo gehobelt wird, fallen eben Späne, oder der Zweck – die politische Machtprobe – heiligt auch dieses Mittel.

Im einen Fall käme ich nicht umhin, ihr Sprachverhalten „ruchlos“ zu nennen, was noch ein wenig mehr bedeutet als „skrupellos“

und „schamlos". Im anderen Fall müsste ich tatsächlich das Etikett „zynisch" aufgreifen und gegen die Sprecherin verwenden, weil es aus meiner Sicht den Anstand verletzt und auf grausame Weise Menschen verspottet, die gerne arbeiten würden, jedoch leider nicht das Glück hatten und haben, den besonderen Kündigungsschutz des öffentlichen Dienstes zu genießen.

Haupt-Sache

Angeblich bedecken Menschen die Köpfe mit Hüten, Tüchern und Mützen, um ihr edelstes Teil zu schützen. In Wahrheit ist das Haupt aber vornehmster Ort für politische, kulturelle und religiöse Botschaften. Und daran wird sich nichts ändern

Niemand kann sich erinnern, dass Großmutter jemals barhäuptig das Haus verlassen hätte. Eine Braut ohne Schleier, ohne Haube oder breitkrempigen, flachen weißen Hut wie auf dieser Hochzeit – die alte Dame wäre entsetzt gewesen. Das gehörte sich einfach nicht, hätte ihr Kommentar gelautet. Aus. Fertig.

Im Sommer, wenn die Sonne vom Himmel brannte, trug Großmutter ihren feinen Florentiner Strohhut. Regnete es, band sie sich ihr seidenes Kopftuch unterm Kinn. Frühjahr und Herbst kam der so genannte Übergangshut zum Einsatz, passend zum gleichnamigen Mantel. Und im Winter deckte entweder der graue Lodenhut die Dauerwelle oder die Persianermütze.

Wir, die inzwischen die Älteren sind, waren zur Hochzeit der Nichte Kathrin hutlos erschienen. Allesamt. Als Brautmutter Anne die Familienalben hervorkramte, mit den Hochzeitsfotos der vergangenen fünfzig Jahre, dämmerte uns, wie sehr sich in diesen paar Jahrzehnten unsere kleine deutsche Welt verändert hatte.

Der Zylinder, den Großvater auf der Hochzeit meiner Eltern 1956 getragen hatte, landete nach dessen Tod in der Fasnachtskiste. Drei, vier Jahre später warfen wir die Ruine des einstmals stolzen Kopfputzes schließlich auf den Müll – übersät von Brandlöchern, Ketchup- und Senfflecken. Die Mechanik, die den zusammengeklappten Hut zum maßlosen Entzücken der Kinder auseinanderschnellen ließ, wenn Großvater ihn leicht gegen den Unterarm schlug, war längst verbogen und verklemmt.

Irgendwann in den sechziger Jahren hatten Hut, Kopftuch und Haube den Hut nehmen müssen, hatten abgedankt, verschwanden aus dem Straßenbild der Städte. Adenauers Pepitahütchen, die schmalkrempigen Sonnenhüte der Genossen Ulbricht und Honecker, Breschnews Pelzmütze und der Cowboyhut des US-Präsi- denten Lyndon B. Johnson bildeten den spießigen Abspann der alten Zeit.

Die neue Epoche war eine haarige. Die Mädels zogen blank, weil sich hochtoupierte Haarkunstwerke, mit Haarspray gehärtet, nun mal nicht mit Kopftuch und Hut vertrugen. Die hätten das sorgsam aufgetürmte Blond nur platt gemacht. Schrille Hüte wirkten lächerlich. Über Wilhelmine Lübke, die Frau des reisefreudigen Bundespräsidenten mit Vornamen Heinrich, kursierte dieser Witz: Das Präsidentenpaar habe sich bei der NASA für eine Reise ins All beworben und sei nur abgelehnt worden, weil Wilhelmines Hut nicht ins Raumschiff passe.

Hutlos ist die derzeit Politik und Gesellschaft dominierende Generation groß geworden. Höchstens im Winter bedecken die ihr Zugehörigen ihre sich lichtenden Scheitel, der Not gehorchend. Das barhäuptige Sein bestimmt das Bewusstsein – beim Betrachten von Bildern wie in den Debatten über den politischen und religiösen Charakter von Kopftüchern. Die Schädeldecke als Kulturträger bleibt mittelalten Mitteleuropäern so fremd wie jene, die sich bedeckt in der bloßen Umwelt behaupten.

Nur Klosterfrauen, Landfrauen und Fürstinnen hielten eisern an ihren mobilen Dächern fest, allen voran Englands Monarchin Elisabeth. Sollte der ganze Erdteil über bizarre Filzkreationen und praktische Kopftücher die Nase rümpfen, die Königin ließ es kalt. Wer Kopftücher trug, musste entweder Kartoffeln ernten, Kranke pflegen oder Cabrio fahren wie Monacos Fürstin Gracia Patricia. Ein Kirchgang mit Hut oder Haube war noch vor wenigen Jahrzehnten in den ländlichen Gegenden Süddeutschlands ein absolutes Muss gewesen. In den Siebzigern mutierte das einst selbstverständliche Gebaren zum Folklorespektakel, ausgiebig fotografiert von angereisten Städtern.

Die Jungs hatten von den Beatles und den Rolling Stones gelernt. An die Stelle der Hüte traten Matte oder Mähne. Lediglich die Baskenmütze und der große schwarze Schlapphut überlebten. Für die Popularität der Mütze hatte der Revolutionär Ernesto Che Guevara gesorgt. Der breitkrempige schwarze Hut stand für die Zugehörigkeit des Trägers zur Boheme, wenn unter ihm ein struppiger Vollbart hervorwucherte.

Mehr als jedes andere Kleidungsstück symbolisiert die Kopfbedeckung Zugehörigkeit, Weltbild und Geschmack ihres Trägers und ihrer Trägerin. Der Zweispitz, der Dreispitz, der Helm. Zylinder, Melone, Baseballmütze oder Narrenkappe. Turban, Kopftuch, Jägerhut und Pudelmütze. Heute, da sich die Vielfalt der Stile als modischer Normalfall eingestellt hat und, abgesehen vom Streit über das Kopftuch einer muslimischen Lehrerin, im Alltagsleben alles möglich scheint, kann man sich kaum mehr vorstellen, für welche Brisanz mancher Kopfschmuck in früheren Zeiten sorgte. Im Herbst des Jahres 1797, so heißt es, sei ein gewisser James Heatherington in London erstmals mit einem Zylinder auf dem Haupt herumspaziert. Innerhalb weniger Minuten wurde Heatherington zum Mittelpunkt eines gewaltigen Auflaufs. Die Polizei zog mehrere Frauen ohnmächtig aus dem Gedränge, ein Junge wurde zu Boden geworfen, fast zu Tode getrampelt und brach sich einen Arm. Dann nahmen die Ordnungshüter den Zylinderpionier fest und verhängten wegen Landfriedensbruch eine deftige Geldstrafe von 50 Pfund gegen ihn.

Dem Schutz des Kopfes vor Kälte, Sonne, Wind und Regen dient der Hut. Das Kopftuch soll das Haar der Frauen in Teilen der islamischen Welt vor unschamhaften Männerblicken schützen. Doch dass die Hülle über Haupt und Haar auch politische, religiöse und nationale Botschaften präsentiert, ist längst ein alter Hut. Die phrygische Mütze wurde zum Erkennungszeichen der Jakobiner in der Französischen Revolution. Die deutschen Demokraten trugen bei ihrem Umsturzversuch 1848 Zylinder mit schwarz-rot-goldenen Kokarden.

Die Debatte darüber, ob die Lehrerin Fereshta Ludin während des Unterrichts in einer deutschen Schule ein Kopftuch tragen darf, beschäftigte im Herbst 2003 das Bundesverfassungsgericht, und dessen Urteil sorgte für Arbeit in Parlamenten und Ministerien. Mehrere Bundesländer haben seither neue Gesetze erlassen, die das Kopftuch als politisches Symbol in den Schulen verbieten. Anderswo will man jeden Einzelfall daraufhin untersuchen, ob die Trägerin ein religiöses Zeichen setzen will und sich deshalb auf die Religionsfreiheit berufen kann.

Vor gut achtzig Jahren, am 25. November 1925, verbot Staatspräsident Kemal Atatürk seinen türkischen Landsleuten das Tragen der klassischen muslimischen Kopfbedeckungen. Männer mit Turban oder Fes und verschleierte Frauen machten sich strafbar. Atatürk, der Modernisierer der Türkei, erkannte: Strenggläubige Muslime verleihen mit dem Tragen von Turban und Kopftuch zugleich dem fundamentalistischen Prinzip Ausdruck, wonach der Islam dem Staat und seinen Gesetzen übergeordnet sei, ja sie stellten letzthin sogar den „laizistischen“ (nicht religiös begründeten) Staat selbst infrage. Das Kopftuch als politisches Symbol hat in der islamischen Welt eine Geschichte. Von christlichen Nonnen ist nicht bekannt, dass sie je den Schleier als Attribut der Überlegenheit ihrer Religion gegenüber dem Staat betrachtet hätten.

Dass Atatürk den Türken statt Turban und Fes europäische Hüte empfahl, erwies sich in der religiösen Praxis als höchst unglücklicher Vorschlag. Die Krempe stört, wenn sich Muslime beim Beten mit der Stirne bis zum Boden gen Mekka verneigen.

Muslimische Kreationen sind Turban und Kopftuch indes nicht. Im Orient und auf dem indischen Subkontinent winden sich die Menschen seit Jahrtausenden die bis zu sechs Meter langen Tücher um den Kopf. Im Alten Testament, bei Moses, bei Jesaia oder im Buch Hiob finden sich zahlreiche Stellen, in denen die Autoren den Turban als Schmuck beschreiben, der für Reinheit, Würde oder Gerechtigkeit steht.

Den männlichen Gläubigen der indischen Sikh-Religion ist es nicht nur untersagt, sich die Bärte zu schneiden, sie müssen auch den Turban tragen, den Dastar jeden Morgen neu um ihre Häupter winden. Je nach Erfahrung und Wickeltechnik kann das zwischen fünf und 25 Minuten dauern.

Jasvir Singh ist der erste Sikh, der es geschafft hat, als Polizist in Kanada einen Dienstturban zu tragen, im selben Dunkelblau wie die Uniformmützen seiner Kollegen, mit Polizeiplakette über der Stirn. Sein deutscher Glaubensbruder Ranjit wurde gerichtlich von der Helmpflicht befreit. Er darf mit Turban Motorrad fahren.

Ich ziehe meinen Hut! Gleiche Brüder, gleiche Kappen. Wer nicht spurt, bekommt eins auf die Mütze. Die deutsche Sprache ist reich an Aussprüchen, die sich um die Kopfbedeckung ranken. Mehr als sieben Jahrhunderte waren Hut und Mütze hierzulande obenauf. Gegenwärtig erleben sie eine Renaissance. Dem Dienst entfremdet, prangen russische Uniformmützen auf den Köpfen von Technofreaks. Mädchen tragen Piratentücher. Baseballmützen überall. Selbst Bischöfe ziehen sie sich in der Freizeit in die Stirn. Bei US-Präsidenten scheinen sie längst zur Amtstracht zu gehören.

Ob Großmutter Freude gehabt hätte an dieser Art, Hut und Mütze zu tragen? Während der Diskussion bei der Hochzeitsparty gehen die Meinungen auseinander. Dass Lilly, die Schwester der Braut, verkündete, für ihre eigene Trauung im kommenden Jahr würde sie eine Hutkreation entwerfen lassen, bei der uns die Augen aus dem Kopf fielen, hätte sie jedenfalls amüsiert. Das erschrockene Gesicht von Lillys Mutter obendrein. Wir, die barhäuptige Generation, müssen uns eingestehen: Unsere Jugendzeit war nur ein kurzes Zwischenspiel in der uralten Geschichte der Menschen und ihrer Hüte, Turbane, Kopftücher und Mützen.

Forscher: Die Seele existiert! – Warum auch nicht?

Schlagzeilen, so lernen es Journalisten, sollen den Neuigkeitswert der Nachricht angeben und damit zur Lektüre animieren. Nüchterne Diktion verstärkt die Wirkung der fetten Überschriften: Das Unglaubliche, das Wundersame, der Skandal oder die epochale Neuigkeit sprechen für sich selbst. Äußerste Knappheit und Atemlosigkeit signalisieren: Achtung – brandneu, die letzte Meldung: Mafia-Opfer heiratet Killer! Rind wirft Ferkel! Michael Jackson geklont!

Im Dezember 2001 stand auf Seite eins einer Tageszeitung zu lesen: Ärzte entdecken: Der Mensch ist mehr als sein Körper! Forscher: Die Seele existiert! Ein Team niederländischer Mediziner um Professor Pim van Lommel will – endlich – Beweise für ein Leben nach dem Tod gefunden haben und kommt in einer Studie zu der Erkenntnis: Der Mensch hat eine Seele, die unabhängig von seinem Körper über den Tod hinaus existiert. Erfreulich.

Aber was ist das wirklich Neue an dieser Aussage? Religion, gleich welche, hütet seit Anbeginn der Menschheit genau dieses Wissen. Im Grunde weiß jedes Kind, dass der Mensch mehr ist als sein Körper. Was wohl hat die Zeitungsmacher verführt, diese Information aus der Wissenschaft mit allen Merkmalen des Sensationellen zu präsentieren? Warum sollen Leserinnen und Leser über eine Erkenntnis staunen, die für die meisten so selbstverständlich ist wie die Existenz der Liebe und des Lachens? Darum: Weil Forscher etwas bewiesen haben wollen, was eigentlich außerhalb der Sphäre liegt, die der Wissenschaft mit ihren Methoden und Instrumenten zugänglich ist.

Ob Menschen eine Seele haben, das ist eine Frage der Religion. Und deren Bereich kann nicht mit statistischen Wahrscheinlichkeitsstudien erschlossen werden, sondern allein mit der persönlichen Erfahrung, die man Glauben nennt. Wissenschaft, die für das rational Erfassbare zuständig ist, geht fremd, wenn sie sich auf dem Feld der Religion tummelt. Forschung, die sich in diese Gefilde verirrt, wirkt ebenso rührend komisch, wie uns heute die längst vergangenen Versuche vorkommen, mit den Mitteln der Religion Fragen der materiellen Welt zu beantworten.

Der menschliche Verstand, das wissen wir aus Erfahrung, ist auf Expansion angelegt. Das sterbliche Geschöpf Mensch lebt von dem Antrieb, die Grenze seiner Endlichkeit zu durchstoßen oder zumindest immer weiter hinauszuschieben. Deshalb versuchen sich Wissenschaftler von alters her am Unmöglichen, indem sie Gott zu beweisen oder zu widerlegen versuchen und eben die Existenz oder Nichtexistenz der Seele. Das ist nicht schlimm. So sind wir eben. Aber bedeutsam ist es eigentlich auch nicht.

Wenn Professor Pim van Lommel „bewiesen" hätte, dass es die Seele nicht gibt, es hätte uns ebenso wenig beeindruckt wie der Kommentar des ersten Weltraumfliegers Juri Gagarin, er hätte im All Gott nicht getroffen. Das lag nicht an Gott, sondern an Gagarin. Glauben heißt Vertrauen, nicht mehr und nicht weniger. Wer an die Wissenschaft glaubt und besser schlafen kann, wenn sie als letzte Autorität die Existenz der Seele bestätigt, sollte allerdings wissen, dass er damit für sich die Wissenschaft abschafft, indem er sie zu seiner Religion erhebt. Und das hat sich in der jüngeren Geschichte mehrfach als teuflisches Konzept erwiesen.

Was mich und andere Sünder tröstet

Es gibt Menschen, die wissen, woran diese Welt krankt. Sie essen kein Fleisch. Sie rauchen nicht. Sie trinken nicht. Sie verzichten auf ein Auto. Sie verweigern sich dem schnöden Mammon. Sie erziehen ihre Kinder richtig oder wissen zumindest, wie das geht. Wenn man ihnen zuhört oder ihre Briefe liest, dann machen sie nichts falsch. Sie stehen immer auf der richtigen Seite. Somit ist klar: An ihrem Wesen würde die Welt genesen. Sie sind die Gerechten, die Auserwählten, die Wissenden.

Nicht genug damit, dass sie selbst längst erkannt haben, wie die Welt zu verbessern wäre. Sie teilen es täglich ungefragt allen anderen mit. Das empfinden sie als ihre heilige Pflicht. Und sie verbergen auch nicht, was sie von jenen halten, die noch nicht auf ihrer Stufe angekommen sind. Sünder, rufen sie. Kehret um! Tuet Buße! Findet auf den Pfad der Tugend. Dorthin, wo sie sich selbst längst wähnen.

Wir Sünder, die wir gerne Fleisch essen und Wein trinken und Auto fahren und uns über ein Schnäppchen freuen, fühlen uns immer ganz schlecht, wenn wir derart tugendhaften Zeitgenossen begegnen. Wir schämen uns, weil wir übergewichtig sind. Wir trauen uns schon nicht mehr zu husten, weil wir einen zornigen Vortrag fürchten, der unseren ungesunden Lebenswandel geißelt. Angesichts solch perfekter Menschen bleibt uns nur das Eingeständnis: Wir sind Versager.

Was uns dann wieder aufbaut – mich zumindest und einige meiner Freunde –, ist ein Blick in die Bibel. Da findet sich zum Beispiel im Lukas-Evangelium, im 18. Kapitel, folgende Geschichte: „Zwei Menschen gingen hinauf in den Tempel, um zu beten, der eine ein Pharisäer und der andere ein Zöllner" (die verkommenste Berufsgruppe, die sich Jesus und der Evangelist vorstellen konnten). „Der Pharisäer stellet sich für sich allein hin und betete so: Gott, ich danke dir, dass ich nicht bin wie die übrigen Menschen, Räuber, Ungerechte, Ehebrecher oder auch wie dieser Zöllner. Ich faste zwei Mal die Woche, ich gebe den Zehnten von meinem ganzen Einkommen. Der Zöllner aber stand von ferne und wollte nicht einmal seine Augen zum Himmel erheben, sondern er schlug an seine Brust und sprach: O Gott, sei mir Sünder gnädig!" Und Jesus, der die Geschichte erzählt, schließt: „Ich sage euch: Dieser ging mehr gerechtfertigt in sein Haus hinab als jener. Denn jeder, der sich selbst erhöht, wird erniedrigt werden; wer sich aber selbst erniedrigt, wird erhöht werden."

Es ist schön, dass wir Sünder vor Gott Gnade finden. Und damit das so bleibt, wollen wir uns auf unsere Laster nichts einbilden und an uns arbeiten. Wir nehmen uns vor, keine Steine auf die Glashäuser der Gerechten zu werfen. Und wir bekämpfen die Schadenfreude, die uns erfasst, wenn einer vom hohen Ross plumpst, der uns gerade noch im Stil des Sarastro erklärt hat: Wen solche Lehren nicht erfreu'n, verdienet nicht, ein Mensch zu sein! Wobei Letzteres – so viel sei zugegeben – ziemlich schwer ist. Es sei gesagt: Hoher Respekt gebührt jenen, die versuchen, anständig und ohne Laster zu leben. Wer wüsste besser als wir, wie anstrengend das ist. Wenn die Reinen nun auch noch die Gabe der Großzügigkeit besäßen (von der Einsicht in die eigene Fehlbarkeit ganz zu schweigen) und darauf verzichteten, uns ständig unsere Lasterhaftigkeit vorzuhalten, wäre das wirklich zu viel verlangt? Wir würden sie glatt auf ein Gläschen Wein einladen.

Kampf und Tod der Diane Pretty

Diane Pretty ist am 12. Mai 2002 in Luton bei London an den Folgen der unheilbaren Nervenkrankheit amyotrophe Lateralsklerose (ALS), an der sie seit Jahren litt, gestorben. Einer großen Öffentlichkeit war die 43-Jährige bekannt geworden, weil sie vor dem Europäischen Gerichtshof für Menschenrechte wenige Tage vor ihrem Tod mit ihrem Begehren unterlag, dass ihr Ehemann sie ungestraft töten dürfe.

Das Bild der fast vollständig gelähmten Frau im Rollstuhl, wie sie von ihrem Mann nach dem Spruch der Straßburger Richter vor die TV-Kameras geschoben wurde, rührte alle an. Und manche machte es ausgesprochen zornig. Warum verweigerten kaltherzige Juristen der Kranken ein friedvolles, selbstbestimmtes Ende? Warum zwangen sie die Frau, qualvoll zu sterben, sobald ihre Nervenlähmung das Atmungszentrum erreichen würde? Angesichts des Leids, aufgewühlt von Mitgefühl begegnete mir in zahlreichen Gesprächen über den Fall blanke Wut.

Diane Pretty ist friedlich eingeschlafen. Sie wählte als Ort ihres Sterbens ein Hospiz, also ein Haus, das auf die Begleitung Todkranker und auf die massive Eindämmung ihrer Schmerzen spezialisiert ist. Diane Pretty starb anders, als sie es befürchtet hatte – sie starb in Würde. Und sie bildet damit keine Ausnahme. Palliativmediziner – Experten der Schmerzmilderung – sagen, dass ALS-Kranke bei richtiger Behandlung keinen qualvollen Todeskampf zu befürchten haben.

Die von den Vorkämpfern der aktiven Sterbehilfe aufgebaute Kulisse einer jammervollen Ausweglosigkeit, die nur von besonders unmenschlichen Politikern, Ärzten, Theologen und Juristen ignoriert werden könne, hält der Wirklichkeit in den meisten Fällen nicht stand. Die leisen, aber nachhaltigen Hinweise aus der internationalen Hospizbewegung, dass es zum menschenfreundlichen Freibrief für Tötung auf Verlangen immer die Alternative menschlicher Zuwendung und medizinischer Schmerzlinderung gibt, verschwanden in den Tagen nach dem Straßburger Urteil fast völlig hinter dem zugespitzten Dilemma „heilbringende Tötung oder elendes Verrecken".

Eine zweite Sicht auf die Frage wurde speziell von vielen Medienleuten außer Acht gelassen oder vorschnell abgetan: Die Rechtsgemeinschaft hat bei grundsätzlichen Entscheidungen wie der über ein Menschenrecht auf verlangte Tötung der Tragweite des Ergebnisses entsprechend zu argumentieren, also grundsätzlich. Dabei spielt der Faktor der Missbrauchbarkeit eines allgemein zugestandenen Rechtes eine bedeutende Rolle. Dazu gehört auch die Frage, inwieweit überforderte Angehörige Druck auf die Sterbenskranken ausüben könnten, wenn die strafgesetzliche Hürde fällt.

Es gibt eine Reihe von Fällen, in denen Partner oder Kinder von Todgeweihten keinen anderen Ausweg mehr sahen und dem innigen Wunsch der Sterbenden die Hand zur Tötung liehen, wohl wissend, dass sie mit strafrechtlichen Konsequenzen zu rechnen hätten. In vielen dieser Fälle wurden die „Täter" von den Gerichten mit größter Milde behandelt, wurden freigesprochen oder zu unwirksamen Bewährungsstrafen verurteilt. Darin kam der Respekt vor den tödlich Erkrankten wie vor den Mitleidenden zum Ausdruck.

Dieser im Einzelfall begründete Respekt ist allerdings etwas anderes als der Verzicht auf dem Leben zugewandte Normen. Solche Normen aufrechtzuerhalten ist kein Ausdruck von Kaltherzigkeit.

Diese Haltung entspringt der nicht nur religiös fundierten Einstellung, dass das Töten von Menschen nicht zur alltäglichen, nächstliegenden Antwort auf Krankheit und Leid werden darf.

Die Ursache für den Todeswunsch unheilbar Kranker ist in den seltensten Fällen die Krankheit selbst, sondern die Angst vor dem qualvollen Sterben. Diese Angst entspringt oft genug einem Mangel an Trost, an Zuwendung und an Kenntnissen von den Möglichkeiten der schmerzlindernden Medizin.

Exoten gesucht

Zu viele Menschen in Deutschland sind arbeitslos. Die Rentenversicherung geht unsicheren Zeiten entgegen. Unser Gesundheitssystem ist zu teuer. Die Studenten studieren zu lange. Wer Kinder hat, schaut in den Mond. Die Wirtschaft floriert, verschläft jedoch den technologischen Wandel. Der Subventionstropf hält überholte Industrien künstlich am Leben. Das Risikokapital für Zukunftsinvestitionen ist knapp. Die Staatsverschuldung wächst.

Die vereinte Republik in der Krise: eine führende Industrienation, überdurchschnittlich stabil, noch immer außerordentlich erfolgreich, aber auch erstarrt, müde und ratlos angesichts einer langen Latte ungelöster Aufgaben.

Wer politische Feuilletons liest, weiß bereits, welche Ausrufe derartige Beschreibungen krönen: So kann es nicht weitergehen! Es muss etwas geschehen! Niemand geht voran, alle wursteln weiter, keiner sagt den Leuten die Wahrheit! Linke Autoren pflegen dann nach mehr Bürgerbeteiligung zu rufen, rechte Schreiber sehnen sich nach kraftvoller Führung. Einig sind sie sich einzig darin: Die herrschende Generation in Politik, Gewerkschaften, Unternehmen, Kirchen und Verbänden hat nicht die Kraft, das Blatt zum Guten zu wenden.

In der Zusammenschau der Kommentare lässt sich ein Schreckbild der bundesdeutschen Gesellschaftspyramide zeichnen: unten das unbeteiligte Volk, darüber – in Parlamenten, Geschäftsstellen, Parteizentralen und Kirchenkanzleien – ein Heer orientierungsloser Spezialisten, unfähig, über den Tellerrand des Fachgebietes hinauszuschauen. Geleitet werden die Fachmenschen von Pragmatisten, die nur noch ihren Platz an den Hebeln der Macht respektive an den Fleischtöpfen verteidigen.

Jedem fallen dazu sofort ein paar Namen und Gesichter ein, aus Bundes- und Länderkabinetten, Vorständen und Aufsichtsräten. Darüber thront der Kanzler, ein gravitätischer Generalist, ein fintenreicher Taktiker, ein Machtmensch ohne Vision. Und über allen schwebt ein Festredner, der dem Volk gleichermaßen erfolglos Zuspruch spendet oder ihm ins Gewissen redet – der Bundespräsident.

Die Darstellung ist selbstredend ungerecht, ungenau und widersprüchlich. Aber sie ist weit mehr als nur das aufgehäufte Denkgerümpel unverbesserlicher Berufsnörgler. Sie beschreibt eine kollektive Unzufriedenheit der meisten Bürger dieses Landes mit dem Führungspersonal, mit Ministern wie Bischöfen, Gewerkschaftern und Sportfunktionären, Topmanagern und Kulturbürokraten. 46 Jahre bundesdeutsche Demokratie und Marktwirtschaft haben einen Erfolgstyp geformt, der heute fast alle gesellschaftlichen Institutionen dominiert.

Der Typ ist männlich. Und es fehlen ihm fast alle Attribute, die seine Verkörperung in einem Spielfilm aufweisen würde. Kein Charisma, höchstens ein leichter Sprachfehler. Er ist unscheinbar Anfang 40 bis Ende 50. Seine Anzüge sind wie seine Ideen: grau, veraltet, von der Stange.

Der Typ hat sich hochgedient. Nach seinem Studium der Rechte, der Betriebswirtschaft oder des Ingenieurwesens hat er als Vorstandsassistent oder persönlicher Referent für den Chef die Kleinarbeit besorgt. Niemand schlägt ihn in der Kenntnis von Satzungen und Geschäftsordnungen. Zum Lohn hat ihn der Boss nach ein paar Jahren beispielsweise in ein Bundestagsmandat gehievt oder zum Abteilungsleiter gemacht.

Nun folgte die Bewährung im Piranhabecken gleichgesinnter Mitbewerber. Die Überlebensdevise konnte dort nur lauten: Nicht auffallen! Nicht besser erscheinen als die anderen – das würde nur Neid erzeugen. Aber auch nicht mit seinen Leistungen abfallen.

Nur nicht zu originell wirken! Ohne den nötigen Ernst bleibt man ein Außenseiter! Keine Fragen stellen, die nicht auf der Tagesordnung stehen! Rechtzeitig Mehrheiten erkennen und zu den Ersten gehören, die sich der stärkeren Position anschließen. Man muss wissen, wer Goethe ist, aber ein Zuviel an Bildung macht verdächtig. Der Typ ist gezeichnet: In Deutschland herrscht der Durchschnitt.

Die Diagnose, es mag manchen überraschen, hat ihr Gutes. Pragmatische Amtsinhaber, die genau das tun, was man von ihnen erwartet, die ihre Kompetenzen nicht überschreiten und sich um das Kleingedruckte kümmern, geben dem komplizierten System unseres Zusammenlebens Halt. Mit revolutionären Ideen kann man die Welt in Atem halten, aber nicht die Sozialhilfe berechnen.

Mancher kluge Freigeist, viele ethisch und politisch ambitionierte Pastoren mussten es in der Nachwendezeit in Ostdeutschland frustriert erkennen: Das glitzernde Wohlstandsorchester West verträgt keine improvisierenden Jazzer. Es braucht brave Musiker, die solide vom Blatt spielen. Das gilt zumindest während normaler Zeiten.

Zu fragen ist, ob die Bundesrepublik in normalen Zeiten lebt. Der eingangs nur höchst unvollständig zitierten Liste von Mängeln und drängenden Problemen ist eine solche Feststellung nicht abzugewinnen. Es herrschen keine normalen Zeiten.

Das Land braucht Paradiesvögel. Das politische System kann ein paar Visionäre vertragen, die unerschrocken und ehrlich Tacheles reden. Es benötigt Persönlichkeiten, die das Denkbare nicht nur denken, sondern aussprechen. Es bedarf der Grenzgänger, der Neugierigen und Unangepassten.

Wenn Hindernisse im Fahrwasser auftauchen, darf die Mannschaft des Luxusliners nicht mehr arbeitsteilig Dienst nach Vorschrift machen. Entscheidungsfreudige, unorthodoxe Querdenker sind gefragt, die sich auch in Dinge einmischen, die sie qua Dienstvorschrift nichts angehen. Wenn der Smutje die Gefahr als Erster sieht, muss er schreien, anstatt zu denken, der Kurs sei Sache des Navigationsoffiziers.

In Deutschland kommt ein Exot nur durch blanken Zufall oder mit hoher Verstellungskunst in ein verantwortungsvolles Amt. Es geschieht zu selten. Um die Nation für eine neue Gesellschafts- und Sozialpolitik zu öffnen, wären Figuren vom Format Willy Brandts und Walter Scheels erforderlich. Ihre Namen sind mit einer Idee von internationaler Entspannungspolitik verbunden, die sich mitten im Kalten Krieg auf eine heute kaum mehr nachzuvollziehende Weise provozierend ausnahm. Und es wären führende Persönlichkeiten vom Schlage Konrad Adenauers nötig, die in aller Dickfelligkeit als richtig erkannte unpopuläre Schritte verantworten.

Die Deutschen können nicht darauf warten, dass ein auf Durchschnitt schabloniertes System solche Ausnahmen versehentlich nach vorne spült. Aber von selbst ändert sich nichts. Der Apparat reproduziert sich bis zum Sankt-Nimmerleins-Tag, wenn ihn nicht jemand entschlossen öffnet. Nur: Wer soll das tun?

Ironischerweise liegt der Schlüssel in der Hand derjenigen, die das geltende Ausleseprinzip an die Spitze gebracht hat. Diese Grauen und Braven würden der Nation den größtmöglichen Dienst leisten, wenn sie verhinderten, dass der Führungsnachwuchs weiter nach ihrem Bilde ausgewählt würde. Die Führer der Seilschaften müssten das Seil hinter sich kappen, ihre Epigonen am Fuß der Wand stehen lassen, um Platz für Kletterer zu schaffen, die nach neuen Routen suchen.

Das Paradoxe ist: Ein solcher Schnitt durch das Seil würde bereits den Mut und die Unerschrockenheit erfordern, die dem führenden Personal ja gerade abgehen. Würde der Schnitt gewagt, er wäre eigentlich gar nicht mehr nötig.

Einfach nur spielen

Der reine, der saubere Sport – war das nicht immer eine gut gemeinte Lüge? Freiwillige, spielerische Selbstentfaltung, zweckfreies Leistungsstreben, freundschaftliches Kräftemessen, leibseelischer Ausgleich? War Sport das je?

Die Enzyklopädien jedenfalls wimmeln von solchen Definitionen. Soweit es sich dabei um angelsächsische handelt, allen voran die renommierte „Encyclopaedia Britannica", hegen sie das hehre Bild des fairen, freien Spiels mit Ball und Muskeln ganz ohne jeden Vorbehalt. Die deutschen Lexika – aus historischem Schaden klug geworden? – sind vorsichtiger. Mit den kleinen Wörtchen „meist", „ursprünglich" und „eigentlich" markieren sie die feine Linie zwischen unbedingter Lehre und trauriger Wirklichkeit.

Sport und Spiel – als Gegenteil von Arbeit, als vergnüglicher Wettkampf um ideelle Preise wie grünen Lorbeer, wollene Bänder und Blechpokale – grüßen aus einem geträumten Arkadien, aus einem Paradies, in dem das Kind im Menschen lebt. Auf dem gemähten Kornfeld, wo Bauern um die Wette laufen, im Hinterhof, wo Buben gegen eine Blechdose treten, mag Sport als froher Selbstzweck gelingen, solange er Privatsache der Sporttreibenden bleibt. Sobald Gesellschaft ins Spiel kommt, wird aus dem frohen Treiben tiefer und zum Teil bitterer Ernst.

Vater Jahns Söhne, die Turner, wollten ihre Leibesübungen beispielsweise nicht als Sport abqualifiziert wissen. Es grauste ihnen vor diesem individualistischen, britischen und daher undeutschen Vergnügen. Die deutschen Turner an Reck und Seitpferd hatten Leibesübung und -erziehung im Sinn. Deren Vereinnahmung durch die Mächtigen als paramilitärische Körperschule der Nation nahmen sie zumindest billigend in Kauf.

Auch die Stifter der modernen Olympischen Spiele um den französischen Baron Pierre de Coubertin hielten Sport, der um seiner selbst willen von englischen Bergsteigern, Ruderern und Kickern betrieben wurde, für nahezu obszön. Sie konnten im Sport nur einen Sinn erkennen, wenn er sich ihrem hellenistischen Bild einer körperorientierten Zivilreligion unterwarf. Bis heute strotzen die Eröffnungsfeiern der Olympischen Spiele von pseudoreligiösen Ritualen, beschwören die menschheitsverbessernde Wirkung der Selbstüberwindung in Training und Wettkampf.

Dass ihre mythische Verkitschung der Antike sich sofort als gefundenes Fressen für Nationalisten und Diktatoren erwies, darf man den Olympia-Vätern nicht auf die Rechnung schreiben. Aber die Herren vom IOC nahmen hin, dass zunächst Hitler-Deutschland und nach dem Krieg kommunistische wie nationalistische Regime in aller Welt Olympia-Gold als Zeichen der Überlegenheit von Rasse oder Klasse bewerteten.

Der Zweck des Siegens begann, auch verbotene Mittel zu heiligen. Die wurden zwar schon immer benutzt, wenn es um den Triumph ging; aber wenigstens schämten sich die Anwender dafür. In den als Leistungszentren und Trainingscamps bezeichneten Versuchslaboratorien der Sowjetunion, Rumäniens und vor allem der DDR arbeitete die biochemischmedizinische Elite mit Stolz und Vorsatz an der fabrikmäßigen Leistungsförderung unter dem Banner des Systems. Die Doping-Docs in Moskau, Leipzig oder Bukarest sahen in Sportlern nicht individuelle Menschen mit ihren Grenzen, sondern Maschinen, die man mehr oder minder zuverlässig auf Bestleistungen programmieren konnte.

IOC-Präsident Samaranch muss den Untergang der sozialistischen Sportfabrik früh vorausgeahnt haben. Jedenfalls erkannte er, dass der Zweck des Sports am Ausgang des 20. Jahrhunderts nur seine völlige Kommerzialisierung sein konnte. Konsequent und schnell machte er aus den Spielen die hoch gesponserte Mustermesse der internationalen Unterhaltungsindustrie.

Der Amateurgedanke wanderte endgültig ins Museum. Die letzten Amateure blieben – als Staffage. Der Sport musste sich wieder einem fremden Zweck unterordnen. Er wurde zur Erwerbstätigkeit für Athleten. Das IOC lernte, von ihren Leistungen den Rahm abzuschöpfen.

Erfunden haben den Profisport die Olympiamacher nicht. Sport als Brotberuf im großen Stil ist ein Kind von Markt und Medien. Samaranch und Co. haben nur seine Ausbeutung perfektioniert, indem sie außer der Marke mit den fünf Ringen zum Gelingen wenig bis nichts beisteuern.

Wenn moderne Gladiatoren ihre Haut für möglichst viel Geld zu Markte tragen und die Nachfrage nach Topleistungen befriedigen, ist dagegen kaum etwas zu sagen. In der Sprache der Ökonomie findet ein schlichter Leistungsaustausch statt: Geld gegen Show.

Mit der schönen philosophischen Definition des zweckfreien Sports aber haben die Inszenierungen der Stars in Stadien und Arenen so viel zu tun wie ein Konzert der Rolling Stones mit wahrer Liebe oder eine Fastfoodkette mit Lebensqualität. Die Ballkünstler und Athletik-Asse sind keine Sportler mehr, sie sind Sportdarsteller.

Wo aber ist der wahre Sport zu finden? Bei uns, wenn wir im Park einsam unsere Runden drehen oder mit zusammengebissenen Zähnen auf dem Fahrrad bergan strampeln? Hand aufs Herz: Nur die wenigsten werden behaupten, dass sie nur des Laufens wegen laufen.

Auch uns Breitensportlern ist die schönste Nebensache der Welt längst zur Arbeit entartet, die wir eines anderen als des Selbstzweckes wegen leisten. Auch die Trimmbewegung ist längst kommerzialisiert. Ihre Existenz ist notwendiges Pendant zum Spitzensport. Die Skier und Schuhe, die Trikots und Schläger der Helden wollen schließlich an Mann und Frau und Kind gebracht sein.

Aber selbst jene, die zu Recht verkünden, sie seien gegen derlei Tand immun, können nur selten belegen, dass es ihnen tatsächlich um den Spaß an Kraft und Können geht. Ein Heer von Kardiologen, Physiotherapeuten, Diätaposteln und Gesundheitspäpsten sorgt dafür, dass sich auch noch der Marathonläufer unter ferner liefen vom reinen Sport verabschiedet. Gefragt, warum er Sport treibt, wird der aufgeklärte Mensch spätestens im zweiten Satz den tatsächlichen Zweck der Schinderei enthüllen: Sie dient in erster Linie der Gesundheit. Blutdruck, Puls, Laktatwerte werden kontrolliert und mittels Computern in Armbanduhrformat erfasst.

Der reine, saubere Sport als Selbstzweck bleibt eine Illusion. Man sollte dennoch an ihr festhalten, im Spiel, mit Gleichgesinnten, ohne Leistungsdruck, auf einer Wiese, im Schnee mit Freunden und mit Kindern.

Zweckfreier Sport und zweckfreies Spiel zählen zu den besten Wegen, der Verzweckung menschlicher Existenz bis in die kleinsten Nischen zu entkommen und einmal etwas zu tun, dessen Nutzen nicht schon von vorneherein feststeht. Sport im Sinne der alten Briten ist kein militärischer Drill, keine Ersatzreligion, kein Dienstleistungsbetrieb und keine Heilanwendung. Sport ist Sport – sonst nichts. Sonst ist er nicht Sport.

Wenn alles nur Spaß ist, gibt's nix zu feiern

Einmal angenommen, nichts ginge schief, alles wäre leicht, es gäbe tatsächlich null Probleme. Nichts bräuchte uns gelingen und wir müssten nichts riskieren. Wir würden niemals scheitern. Eine unmenschliche Vorstellung. Was wollten wir einander noch erzählen? Könnten wir überhaupt spüren, dass wir Kraft haben, dass wir etwas können, dass wir existieren? Woran sollten wir uns denn noch freuen? Nein, es wäre stinkfad, langweilig und trostlos. Die ungestörte Idylle – das wäre die wahre Hölle.

Willkommen in der Spaßgesellschaft. Diejenigen, die uns das Paradies auf Erden versprachen, haben nicht nur nie Wort halten können. Sie sind verantwortlich für die düstersten Kapitel der menschlichen Geschichte. Sie sind verantwortlich dafür, dass Menschen in verzweifelte Lagen gekommen sind, dass sie ihre Freiheit verloren, ihr Vertrauen auf Gott und sich selbst, ihr Leben.

Alles ist Spaß, alles ist heiter, alle sind schön. Hauptsache gesund, Hauptsache Geld, Hauptsache glücklich. Keine Krisen, keine Niederlagen, keine Ernüchterung? Kein Zweifel, an eine solche Welt glauben nicht einmal Phantasten. Und ganz im Ernst: Es kann sie niemand wollen.

Also muss die Welt ein Jammertal sein? Also sind Mord und Totschlag, Krebs und Aids, Armut und Angst, Unrecht und Unglück gottgewollt? Also lasst alle Hoffnung fahren, hört auf zu kämpfen, spart eure Kraft, habt einfach Spaß? Ein fataler Irrtum.

Und genau den wollen uns die Verkünder der Spaßgesellschaft einreden. Sie predigen nämlich deshalb den grenzenlosen Spaß, weil sie uns und sich selbst nicht zutrauen, dem Schrecklichen die Stirn zu bieten.

Indem sie behaupten, man müsse nur das richtige Auto fahren, die richtige Droge nehmen und sich tüchtig amüsieren, um auf der Sonnenseite des Lebens zu verweilen, legen die Versucher ihr teuflisches Weltbild frei.

Sie wollen uns ausreden, dass es möglich ist, Zeichen der Hoffnung, des Vertrauens und der Liebe zu setzen. Sie wollen uns die Lust am Feiern vermiesen.

Feiern setzt voraus, dass es etwas zu feiern gibt. Himmlisch ist es, wenn man das Leben feiern kann. Feiern – das heißt innehalten, sich in die Augen sehen und aufatmen: Das hätten wir mal wieder geschafft! Und dann darf es auch laut werden und wild und euphorisch. Das gibt Kraft für die nächste Herausforderung. Diese Kraft kann man nicht kaufen.

Diese Kraft kommt von innen oder von außen – eigentlich ist es egal, woher. Denn sie ist da, wenn wir für das Leben und um das Leben kämpfen.

Religiöse Menschen nennen diese Kraft bisweilen Gott. Aber wie man sie nennt, spielt nicht die entscheidende Rolle. Es ist der Kraft vollkommen egal, wie wir sie nennen. Hauptsache: Man vertraut auf sie.

Wie man das Leben feiert? Fragen Sie Ärzte, die ein todkrankes Kind erfolgreich operiert haben. Oder einen Fahrer, der seinen voll besetzten Bus auf einer Passstraße trotz defekter Bremsen zum Halten gebracht hat. Eine Schülerin, die eine Prüfung bestanden hat. Einen Gärtner. Oder fragen Sie einfach sich selbst.

Stärker sein als das Leid, stärker sein als die Gefahr, stärker sein. Vertrauen, hoffen, lieben. Die Kraft spüren. Das Leben feiern. Fangen Sie gleich damit an. Warten Sie nicht auf die Spaßgesellschaft. In der gibt's nix zu feiern, ehrlich.

Faustrecht oder Polizeistaat? Vom Sinn der Fairness

Udo Lattek, Altstar der Fußballtrainergilde, brachte es in einer Fernseh-Livediskussion um den mutmaßlichen Kokainkonsumenten und Kollegen Christoph Daum auf den Punkt: Ob ein Trainer Drogen nimmt, ob er säuft oder was er sonst für Laster hat, ist seine Privatsache. Entscheidend seien allein seine sportlichen Erfolge. Uli Hoeneß, der knallharte Manager des FC Bayern München und Lattek-Freund, griff zum Telefon und rief zornentbrannt in die Sendung hinein: Wenn Latteks Meinung Grundlage des Profifußballs werde, dann wolle er mit dem Geschäft nichts mehr zu tun haben. Sprach's und knallte den Hörer auf die Gabel.

Die Position Udo Latteks entspricht einem verbreiteten Denken in der deutschen Gesellschaft. Wer ein wenig trickst, sich auf unlautere Weise Vorteile verschafft, wer blufft, täuscht und intrigiert, hat recht, solange er sich dabei nicht erwischen lässt. Wer dopt und sich aufputscht, der mogelt. Wer Wasser predigt und Wein säuft, der täuscht. Wirklich Privatsache?

Klar! Im freien Wettbewerb ist schließlich alles erlaubt, was man nicht beweisen kann oder was nicht ausdrücklich verboten ist. Diese Einstellung ist der Grund, warum sich neulich Baden-Württembergs Justizminister Ulrich Goll und der Chef des Deutschen Leichtathletik-Verbandes Helmut Digel sorgten: Wenn wir so weitermachen, geht eine der wichtigsten Errungenschaften unserer Kultur flöten, der faire Wettbewerb.

Gab es und gibt es diese Kultur hierzulande tatsächlich? Sind wir nicht alle versucht, ein bisschen zu mogeln, wenn gerade keiner hinschaut? Durchaus, durchaus. Da verhält es sich ganz ähnlich wie beim Bohren in der Nase. Man weiß, man soll es nicht. Aber heimlich tut man es doch.

Die Kultur besteht darin, dass die meisten Beteiligten wissen, was erlaubt ist und was nicht. Was dazu führt, dass sie sich schämen oder wenigstens genieren, öffentlich gegen den guten Brauch zu verstoßen. Der Kulturverlust in einer Gesellschaft tritt ein, wenn die Kulturlosigkeit zum Normalfall wird, wenn sich die Beteiligten letztlich gar rühmen, mit Fouls gesiegt zu haben.

Der faire Wettbewerb ist von ganz anderer Wichtigkeit für das Zusammenleben als die Reinigung der Nase. Wenn die heranwachsende Generation lernt, dass der Zweck alle Mittel heiligt, dann droht eine Eskalation, an deren Ende entweder das Faustrecht oder der Polizeistaat steht. Werden Spielregeln nicht mehr allgemein respektiert, gilt entweder das Recht des Gemeineren, oder man muss sie mit immer strengeren Gesetzen und Sanktionen verteidigen.

Wer an einer liberalen Rechtsordnung interessiert ist, kann deshalb nicht achselzuckend wegschauen, wenn die Fairness auf der Strecke bleibt. Denn Fairness ist empfundene Gerechtigkeit, ist ein Stück Gewissen. Wer fair ist, hält die eigene Würde und die des Gegners für wichtiger als den Erfolg.

In diesem Sinne ist Fairness nichts anderes als wohlverstandener Eigennutz. So, wie das Leben spielt, kann der Sieger im Wettbewerb von heute schon morgen der Geschlagene sein. Dann tut es ihm wohl, dass er nur ein Spiel im Rahmen seiner Regeln verloren hat. Das gilt nicht nur für den Sport, sondern auch für die Wirtschaft, für Politik und Karriere.

Wer ist schuld, wenn etwas schiefgeht?

Und gerade noch fertig geworden! Sie kennen das Glücksgefühl aus eigener Erfahrung, das sich einstellt, wenn man das Rennen gegen widrige Umstände gewinnt. Das letzte Stück Pappe auf das Schuppendach genagelt, als die ersten Tropfen des Gewitterregens fielen. Nach langer Parkplatzsuche zu Filmbeginn in den Kinosessel geplumpst. Den anfahrenden Zug geentert. Den Kuchen im letzten Augenblick aus der Backröhre gezaubert, bevor er anbrannte.

Da steht man nun, hechelt und schwitzt, bläst die Backen und keucht erleichtert: Das war knapp! Und irgendwie bleibt es einem unerklärlich, dass es noch geklappt hat. Man rannte und rannte, und im Rennen stiegen schon düstere Visionen vor die Augen. Die Bilder sind reichlich abgelegt in meinem Hirn. Denn oft genug ist es auch schon schiefgegangen. Ich erreichte den Zug nicht mehr, der Film hatte schon angefangen und war ausverkauft. Der Kuchen wanderte ob seiner Schwärze direkt aus dem Herd in die Biotonne.

Dann fragt man sich, warum ist es eigentlich schiefgegangen? Und hier setzen dann unweigerlich metaphysische, philosophische oder gar religiöse Erklärungsmuster an, in denen sich kulturelle Differenz manifestiert.

Vor ein paar Tagen fand ich auf einem Trödlermarkt ein T-Shirt mit folgendem Aufdruck: Kurze Einführung in diverse Weltanschauungen. Taoismus: Es ist schiefgegangen. Buddhismus: Wenn etwas schiefgeht, geht es nicht wirklich schief. Islam: Wenn etwas schiefgeht, so ist es der Wille Allahs. Protestantismus: Es ist schiefgegangen, weil du nicht hart genug gearbeitet hast. Judaismus: Warum passiert es immer mir? Hinduismus: Das ging schon in einem früheren Leben schief. Katholizismus: Es geht schief, weil du ein Sünder bist. Hedonismus: Es gibt nichts Geileres, als wenn es mal richtig schiefgeht. Existentialismus: Was bedeutet es schon, wenn etwas schiefgeht?

Ich habe das T-Shirt einem Freund geschenkt. Wir haben zwei Stunden darüber gesprochen. Und dann haben wir die alte Sozialpädagogenerkenntnis an die Liste gefügt: Es ist schiefgegangen, aber es war gut, dass wir darüber geredet haben.

Glück sucht nicht nach Erklärungen. Man ist einfach froh, dass es noch mal gut gegangen ist. Da unterscheiden sich die Anhänger unterschiedlicher Religionen und Philosophien kaum voneinander. Im Umgang mit dem Pech, mit der Niederlage aber tritt unsere Prägung zutage. Wir suchen nach Trost, nach einer Er-Lösung. Und die fällt höchst unterschiedlich aus.

Oft ist einem nicht damit geholfen, wenn man ihm aufmunternd auf die Schulter klopft und sagt: Mach dir nichts daraus! Aber er kann es als sehr tröstend empfinden, wenn ihm jemand rät: Überlege, was du daraus lernen kannst! Und manchmal verhält es sich merkwürdigerweise gerade umgekehrt.

Das könnte seinen Grund darin haben, dass schiefgehen und schiefgehen zweierlei ist. Theologen sprechen dann häufig vom Unterschied zwischen dem Verfügbaren und dem Unverfügbaren, zwischen dem, was wir beeinflussen können, und dem, was sich unserem Einfluss entzieht. Am Ersten soll und kann man arbeiten, am Letzten nicht. Aus der Operette „Die Fledermaus" stammt der Ratschlag für diesen Fall: „Glücklich ist, wer vergisst, was doch nicht zu ändern ist."

Das Problem ist nur, den Unterschied zwischen Verfügbarem und Unverfügbarem im Alltag erkennen zu können. Wann müssen wir etwas hinnehmen? Wann müssen wir als Christen sagen: Dein Wille geschehe? Und wann müssen wir zupacken, eingreifen, unsere Lehren ziehen?

Im Großen, in schicksalhaften Augenblicken, so zumindest meine bisherige Erfahrung, gelingt das häufig leichter als im Kleinen, in den Niederungen des Berufs- oder des Familienlebens. Wie oft sind wir zum Beispiel im Umgang mit Partnern und Kindern gereizt, weil sie etwas verbockt haben, was man doch leicht hätte vermeiden können!

War es wirklich vermeidbar, dass der Fußball in Nachbars Scheibe flog? Du hättest aufpassen können! War es wirklich möglich, pünktlich zu sein? Du hättest früher wegfahren können! Der Ball flog einfach unglücklich. Und der Telefonanruf, der mich kurz vor der Abfahrt erreichte, war halt nicht eingeplant. Ein wenig Großzügigkeit tut wohl. Und Großzügigkeit bedeutet nichts anderes, als einzukalkulieren, dass auch im Verfügbaren Unverfügbares steckt. Manchmal geht es eben schief, auch wenn man sich bemüht oder längst die Lehren gezogen zu haben glaubt. Aber wem sag ich das! Schon sind wir wieder auf der Suche.

Deutschland, deine Weißnixe!

Als nach 1945 Deutsche mit dem Grauen konfrontiert wurden, das der Nationalsozialismus mit millionenfachem Mord hinterlassen hatte, antworteten sie: Wir wussten davon nichts. Ein paar Jahre früher hatten sie Übergriffe der SA vor ihrem Angesicht gerne mit dem Satz entschuldigt: Wenn das der Führer wüsste!

1989 hatten die Weißnixe in Deutschland wieder Hochkonjunktur. Manche wussten nicht einmal selbst, dass sie im Solde Erich Mielkes Mitmenschen intimste Geheimnisse abzuluchsen versucht hatten, bis man ihnen schriftlich gab, dass sie IM, inoffizielle Mitarbeiter, heimliche Spitzel gewesen waren. Dann aber wollten sie ihren Mitmenschen wenigstens nicht geschadet haben. Was mit den Informationen geschehen sei, habe sich ihrer Kenntnis entzogen. Das wussten sie nicht, ging sie nichts an.

Wir wussten davon nichts – das ist der deutsche Standardsatz des 20. Jahrhunderts gewesen. Der Ausweis des völligen Mangels an demokratischer Kultur: Mag sein, dass viele von vielem nichts gewusst haben. Aber das ist nicht entscheidend. Entscheidend ist, dass viele wesentlich mehr hätten wissen können, wenn sie es gewollt hätten. Wären sie nur ein wenig neugierig gewesen. Hätten sie den Staat nur ein bisschen als „res publica“, als Sache aller, begriffen und nicht als Privatsache der Mächtigen.

Was ich nicht weiß, macht mich nicht heiß. Die Deutschen lieben dieses Sprichwort. Umso entsetzter sind sie, wenn die Obrigkeit ihr mulchwarmes Vertrauen enttäuscht und nicht weise handelt. Dann reagieren sie fassungslos, empört, betreten. Natürlich haben sie keine Ahnung gehabt, sie wollten ja auch nicht.

Die Weißnixe in der Christlich-Demokratischen Union waren im Herbst 1999 völlig überrascht: Dass Helmut Kohl so mit dem Geld umgegangen ist – unglaublich! Wer hätte das gedacht!

Natürlich hat der eine oder die andere vom Alten mal einen Scheck für die Landespartei oder für den Wahlkampf bekommen. Aber woher sollten sie denn wissen, dass der aus schwarzen Kassen kam! Sie wollten es nicht wissen. Schließlich bedeutet Wissen Verantwortung, Begründungszwang: Warum haben sie das Geld genommen, obwohl sie seine Herkunft kannten? Weißnixe brauchen diese Frage nicht zu fürchten.

Es gibt andere Stimmen. Die gehören denen, die mit offenen Augen durch die Welt gehen. Die pflegen auf die Frage, was sie gewusst hätten, zu antworten: Wir hätten es wissen können. Das heimliche Agieren passt zum öffentlichen Bild des totalitären Regimes wie im anderen Falle des demokratisch gewählten Kanzlers.

Wer neugierig ist, sich einmischt und – dumm – fragt, der gefällt dem deutschen Untertanengeist nicht. Der nervt. In der angelsächsischen Demokratie müssen Medien sich nicht wie weiland der „Spiegel" vom Altministerpräsidenten Stoltenberg als „Kampfpresse" beschimpfen lassen, wenn sie ihrer Arbeit nachgehen und Skandale (in diesem Fall den um Uwe Barschel) aufdecken. Im angelsächsischen Journalismus impft man Berufsanfänger mit der Devise: Es gibt keine dummen Fragen, es gibt nur dumme Antworten. Wo die Neugier zum öffentlichen System gehört, mag es nicht weniger Skandale geben, jedoch werden mehr aufgedeckt.

Weißnixe wollen mit den unangenehmen, grauen Seiten der Demokratie in Ruhe gelassen werden. Sie wünschen sich einen König. Ruhe ist in ihren Augen nicht nur des Bürgers erste Pflicht, sondern auch das wichtigste Bürgerrecht.

Wer aber Demokrat sein will, muss sich ohne Ekel, offen und interessiert, mit den menschlichen Schwächen der Regierenden beschäftigen, muss wissen wollen, um gegebenenfalls zu handeln: aus einer Partei austreten, in der Partei für andere Mehrheiten sorgen, bei der nächsten Wahl anders abstimmen. Ohne Zorn. Wehret den Anfängen – dann müsst ihr am Ende nicht schon wieder den deutschen Jahrhundertsatz nachsprechen.

Natürlich darf man zwischendurch auch mal abschalten, einnicken, sogar den Kopf in den Sand stecken. Es darf nur nicht zum Habitus werden. Und der Satz „Davon haben wir nichts gewusst" darf in keinem Fall mildernder Umstand sein. CDU-Granden etwa, die sich mit Unkenntnis verteidigten, hätten von der Partei als unwissend und unfähig genauso abgestraft werden müssen wie der Herr der schwarzen Kasse selbst. Wenn die Union Volkspartei bleiben will, bleibt sie da zum Gelingen verurteilt. Eine ganze Partei, die nichts gewusst haben will und nicht reagiert, wäre entweder doof oder kriminell. Beides mögen der prägenden Partei der Bundesrepublik Deutschland selbst jene nicht wünschen, die sie nie gewählt haben.

Warum ist Amerika für viele der Satan?

Die Massenmordanschläge von Manhattan und Washington haben mehrere tausend Menschenleben gefordert. Die grausame Präzision der terroristischen Attentäter schockte die meisten Menschen auf dieser Erde, die das Geschehen live am Fernseher miterlebten.

Aber schon bald mischte sich in die Trauer, in die Mitleidsbekundungen und Solidaritätsadressen an die Amerikaner vielerorts ein anderer Ton: Amerika sei ein Stück weit selbst schuld an der Aggression, unter der seine Bevölkerung zu leiden habe. Mit dem Pentagon und den Türmen des Welthandelszentrums seien die Symbole dessen getroffen worden, was die westliche Supermacht in vielen Weltgegenden verhasst mache: militärische und wirtschaftliche Dominanz über die Grenze des Erträglichen hinaus. Bei aller Bestürzung über die Opfer des Anschlags also auch klammheimliche Sympathie für die Ziele der Täter?

Nicht nur für viele Islamisten sind die USA dank ihrer kraftstrotzenden Präsenz an vielen Punkten unseres Planeten der große Satan. Auch andere Anhänger geschlossener moralischer Ordnungen, gerade in Deutschland, betrachten den American Way of Life nicht als die Lebensart der Freiheit, sondern als Ausdruck des Bösen: als Verfall von Sitte und Anstand, grenzenlosen Egoismus, bedenkenlose Kommerzialisierung von Gefühl und Kultur.

Und das Schlimmste an Amerika ist in den Augen solcher Kritiker der globale Erfolg seiner massenkulturellen Exporte: Film, TV-Seifenopern, Hamburger und Coca-Cola. Gegen Stalinismus und Staatsterror von rechts, so sagen sie, kann man sich wehren.

Deren hässliche Fratzen verlocken nur wenige. Das schöne Gesicht Hollywoods und der Popkultur hingegen locke die Menschen vom schmalen Weg der Rechtgläubigkeit in den Abgrund.

Amerikas größte Schwäche ist seine Unwiderstehlichkeit. Nicht die Potenz seiner Streitkräfte, nicht die Macht der Wallstreet-Banken, nicht die umweltpolitische Ignoranz seiner Regierenden begründen Antiamerikanismus, auch wenn sie stets an erster Stelle genannt werden.

Was die selbst ernannten Volkserzieher in Rage bringt, ist das Konzept des Individualismus, das in der Verfassung verbriefte Recht, dass jeder selbst entscheidet, worauf es ihm im Leben ankommt. Genau das aber ist der wichtigste Exportschlager des American Way of Life. Überall dort, wo sich die Menschen in seinem Sinne verhalten, verlieren Ideologen die Kontrolle über Herzen und Hirne ihrer Staatsbürger. Und das ist es, was die Gegner Amerikas im Iran und anderswo bestenfalls nervös und wütend, schlimmstenfalls brutal und herzlos macht.

Die selbstbewussten Paraden der Schwulen von San Francisco und New York, die Filme Woody Allens und Steven Spielbergs, die Musik von Bob Dylan und Miles Davis sind Resultate dieser offenen, schrillen und manchmal schrecklich ungerechten Gesellschaft der Freiheit – mit all ihren Freuden und Fehlern, vor allem aber mit der Fähigkeit zur Selbstkritik. Die hat Amerika nach dem Vietnamkrieg oder in der Verarbeitung des Watergate-Skandals hinlänglich bewiesen. Zur Selbstkritik wird Amerika auch diesmal fähig sein.

Jene, die gegenwärtig moralisch hoch fliegen, indem sie von Eigenschuld und apokalyptischer Bestrafung reden, sollten sich lieber wieder auf die Suche nach dem Balken im eigenen Auge machen. Ansonsten bleibt nur zu hoffen, dass sie nicht wissen, was sie reden.

Der Schlagzeilen-Orden

Die Medien sind schuld daran, dass Religion und Moral verkommen. Fernsehen macht gewalttätig, Nachrichtenüberfluss gottlos. Nicht nur die Frommen im Lande beseelt diese Sorge. Kluge Soziologen und kompetente Erziehungswissenschaftler lassen es in keiner TV-Talkshow an Hinweisen darauf fehlen. Die Medien selbst beschäftigen sich gerne und nachhaltig mit ihrer prägenden Wirkung auf die Konsumenten.

Medien, so scheint es tatsächlich, bestimmen menschliche Erziehung und Entwicklung. Zumindest in westlichen, in (ehemals) christlichen Breiten. Hat die Glotze der Kanzel als Mutter und Lehrerin nicht längst den Rang abgelaufen? Die Stars aus der Lindenstraße liefern die Vorbilder. Wer früher in Mußestunden zur Bibel griff, sucht heute im Boulevardblatt die Maximen seines Handelns. Videoclips statt Heiligenlegenden.

Hamburger-Spots ersetzen Konfirmationssprüche und speisen das Bedürfnis nach Lebensweisheiten. Die Tageslosung steckt in der Schlagzeile: „Bauzinsen in historischem Tief" – Bestelle dein Haus! „Tornado ins Meer gestürzt" – Auch modernste Technik garantiert keine Sicherheit! „Boris, bitte hol den Schläger wieder raus!" – Erlöse uns von Niederlagen und Langeweile!

Sind die Medien und ihr kommunikatives Trommelfeuer der Tod der Religion? Die papierne Lehre der Journalistik, die reine Eigenethik der Medienmacher würde sagen: Ja! Mit einem leichten Anflug zivilisatorischer Selbstgefälligkeit raunt man uns zu: Journalismus ist Enthüllung, Investigation, Aufdeckung, demokratische Hygiene! Die Pflicht zur Information. Detailgetreue, realistische Abbildung der Wirklichkeit. Offenlegung der Zusammenhänge.

Solche Formeln und dergleichen mehr birgt das Sattelzeug jener Kreuzritter der Wahrheit, die uns zu tugendhaftem Leben erziehen wollen. Und welche Tugenden empfehlen sie uns? Sei skeptisch! Mache dich auf das Schlimmste gefasst! Vergiss deine Illusionen – lass fahren alle Hoffnung! Es gibt keine Wunder! Auch das Imposante erweist sich auf den zweiten, genauen Reporterblick als banal! Nur eines ist sicher: Die Menschheit richtet sich selbst zugrunde! Ist das nicht die Negation all dessen, was der Religion – in unserem Fall den christlichen Kirchen – heilig, lieb und teuer ist? Denn die Kirchenlehrer von den Evangelisten bis Benedikt XVI., von Paulus bis Luther und Karl Barth stimmen zumindest darin überein:

Es gibt Wunder – Resultate eines den Menschen nicht einsichtigen Geschehens. Es gibt eine für unseren Verstand und unsere Sinne nicht oder nur schwer fassbare Wahrheit hinter der Wirklichkeit. Und selbst das Banalste erweist sich auf den zweiten, den menschenfreundlichen Blick zuweilen als großartig (oft genug bleibt es banal, was auch nicht weiter schlimm ist). Und selbst die großen, von Menschen verursachten Katastrophen erlauben nicht, die Hoffnung fahren zu lassen. Wir heißen euch hoffen!

Dieser Gott zumindest sei tot, naserümpfen die Anwälte des Fortschritts. In der Unübersichtlichkeit der Gegenwart und erst recht der Zukunft sei kein Platz mehr für den alten Schöpfer. Die Schöpfung mache sich endlich selbstständig, frohlocken die Verehrer des Menschengeistes. Die Schöpfung mache sich demnächst selbst kaputt, entgegnen ihnen Apokalyptiker. Und die Mehrheit der Medienkonsumenten wendet sich achselzuckend ab. Glauben, sagen sie, glauben kann man eh nur, was man anfassen oder auf Kontoauszügen kontrollieren kann.

Das areligiöse Leben also, verkündet von Medien, die den Glaubensverlust als Merkmal der Reife definieren? Nein, so lautet meine Behauptung, nichts steckt mehr voller Religion als die Medien – oder mindestens voller religiöser Reflexe. Nichts ist weniger aufgeklärt, entspringt mehr dem Geist der Romantik als der Katechismus des Alltagsglaubens zwischen „Bild" und „Frankfurter Rundschau", zwischen „taz" und „FAZ".

Schon die eingangs zitierte reine Lehre des Journalismus entpuppt sich rasch als Erlösungsmystik. Endlich wissen wir es: Shakespeare war gar nicht Shakespeare! Endlich enthüllt: Das geheime Sexleben unserer Politiker! Report: So behumsen Prominente die Steuer! Forscher stellen fest: Millionen Deutsche essen zu viel Schokolade! Jetzt wissen wir es. Und was wissen wir? Wir ahnen, dass die Enthüllung an sich die Erlösung sein muss. Was offen liegt, wird augenblicklich ungefährlich, verliert seine Magie, beherrscht uns nicht mehr. Wir sagen uns los, indem wir es in Wort und Bild erkennen.

Die Enthüllung fasziniert, wenn es gelingt, scheinbar Unbegreifliches, Unerklärliches als ziemlich simpel gestrickt zu entlarven. Und es ist der Akt, der die Menschen in seinen Bann schlägt, nicht das Resultat. Die nackte Wahrheit ist schon nach wenigen Augenblicken nichts Besonderes mehr. Das heilige Staunen und Erschrecken, ein kultischer Schauder, wenn der Schleier fällt und hinter der Teufelsfratze der Biedermann erscheint oder hinter der Maske des Biedermanns der Teufel – und ihr könnt sagen, ihr seid dabei gewesen, seid Zeugen geworden.

Da der Augenblick so flüchtig ist, verlangt er Wiederholung. Das Wunder der Entzauberung, Teil zwei. Schön zu sehen war das 1983, als der „Stern" mit falschen Hitler-Tagebüchern Geschichte schrieb. Dreifaltige Enthüllung.

Erster Akt: Der Dämon ist in Adolf Hitler tatsächlich Mensch geworden und hat unter uns gelebt. Die große Leistung des Fälschers Kujau war die Banalität der Aufzeichnungen. Die alltäglichen Leiden des Diktators zerstörten den Mythos vom überlebensgroßen Bösen. Aber ihr Nachdruck im „Stern" schuf wenigstens für ein paar Tage einen anderen, geheimnisumwitterten Wunderglauben: Die Jungs von der Illustrierten als Killer des Aberglaubens, als Drachentöter. Sie lassen den faulen Zauber auf Menschengröße zusammenschrumpfen. Sie bannen seine Macht durch Zurschaustellung seiner Durchschnittlichkeit. Sie zerstören das Böse wie Bonifazius, der die Donarseiche fällt.

Zweiter Akt: Die Enthüllung wird als Fälschung entlarvt. Die Helden von gerade laufen als Toren, Stümper und Kriminelle unter den Spießruten der Kollegen. Der Ton der Kommentare in anderen Medien wechselt zwischen Zorn und Hohn.

Dritter Akt: Helmut Dietls Film „Schtonk" (1992) enthüllt das vormalige Bravour- und anschließende Schurkenstück als menschliche Komödie. Der listige Fälscher wird zum David, der den Goliath Massenmedium aufs Kreuz gelegt hat. Kujau hat die sensations- und gefallsüchtigen Macher gedemütigt, indem er ihre vermeintliche Stärke als größte Schwäche bloßlegte.

Wie es unter christlichen Gläubigen verschiedene Strömungen gibt, so pflegen auch Mediengemeinden unterschiedliche Formen der Religiosität. Die auf Erlösung durch Enthüllung hoffenden, auf Wahrheit und Tugend bauenden Missionare der Aufklärung haben wir soeben beschrieben.

Wunderglaube und einfache mediale Volksfrömmigkeit haben andere Vorbeter: Boulevardblätter und Yellow-Press-Gazetten. Mit franziskanisch anmutender Fröhlichkeit präsentieren die Brüder vom Orden der Sensation dem staunenden Volk tagtäglich neue Rettung, neue Heilungen, Hoffnungen und Verzückungen. Den Stoff, aus dem die Träume und Alpträume sind, verarbeiten die Schlagzeilendichter der Straßenzeitungen und des Reality-TV zu den schönsten Devotionalien, zu eindrucksvollen Fetischen, Amuletten und Wallfahrtsheiligtümern.

„Uni-Forscher: Pech ist angeboren" – Wie schön! „Mafia-Killer verliebt in sein Opfer – Heirat im März" – Aber die Liebe ist die größte unter ihnen! „Weltumsegler in letzter Minute gerettet" – Da ist es, das Wunder. Aber auch: „Frau zerhackt, die Kinder sahen zu" – Der Teufel lebt.

Zwar können sich die Lieferanten der alltäglichen Wunder auf ihr treues Publikum verlassen, das die Nachrichten mit mäßigem Ernst zum Zwecke der Erbauung konsumiert. Hin und wieder bedarf es aber doch eines Glaubwürdigkeitstestats im Stile des Apostels Thomas. Der Thomas heißt „Bild"-Reporter. Seine persönliche Präsenz als Augenzeuge, ausdrücklich erwähnt, macht einen Vorgang so glaubhaft, als seien die Leser selbst dabei gewesen. Die bekannte Passage am Ende des Johannes-Evangeliums (20,19–29) ist ganz leicht in „Bild"-Sermon zu übertragen: „Jesus Christus tatsächlich auferstanden! Beweis: ‚Bild'-Reporter T. war dabei und legte Hand in Brustwunde!"

Die dritte wichtige Strömung der religiösen Medienkultur verkörpern die modernen Apokalyptiker. Ihre Medien – die kritischen – wissen, was Gut und Böse ist – oder geben zumindest vor, es zu wissen. Es droht Unheil! Seuchen, Katastrophen, Hedonismus und Gewalt richten die Welt zugrunde. Der Fall des großen Babylon ist programmiert.

Die Apokalyptiker treten in Zeitungskommentaren und TV-Magazinen natürlich nicht im härenen Gewand des grimmigen Propheten auf. Michael Pauen beschreibt sie in der „Neuen Zürcher Zeitung": „Sie präsentieren sich als illusionslose Skeptiker, die ihren naiven Zeitgenossen die bittere Wahrheit aufnötigen müssen. Je schlimmer die Wahrheit ist, desto größer die Bedeutung der Nachricht und ihres Überbringers. Mit ernster Miene spricht er von den Anzeichen bevorstehender Katastrophen, die kommen werden, so man nicht seine, des Kritikers Rezepte befolgt." Sarastro als Journalist: Wen solche Lehren nicht erfreuen, verdienet nicht, ein Mensch zu sein!

Dass ihre negativen Visionen vom Niedergang der Menschheit zum größten Teil nicht überprüfbar sind oder ihre Prognosen nicht zutreffen, stört die Mystiker des verneinenden Gottes keineswegs. Sie erklären dann, wie gerne sie Unrecht haben oder dass es reiner Zufall sei, wenn die Menschheit dieses eine Mal mit einem blauen

Auge davongekommen sei. Jedenfalls sprengen Falsifizierungen ihre geschlossenen Argumentationsmuster in keinem Fall. Die Katastrophe – das Böse in seiner Auswirkung – hat für diese Gemeinde göttliches Format.

Medien, die Kinder der Aufklärung, als Religionsersatz? Als romantische Enthüllungswerkstätten, wundergläubige Legendenmaschinerien, apokalyptische Anstalten? Was passiert, wenn sie in Kontakt mit echter Religion geraten? Mit ihrer diesseitigen Gestalt – mit Kirchen also?

Die Enthüller: beschäftigen sich mit katholischen Bischöfen, die den Zölibat brechen, mit Kirchenaustritten und sinkenden Kirchensteuereinnahmen, mit organisatorischen Pannen und Fehlleistungen der Kirchen.

Wenn sie den christlichen Gemeinschaften gut gesinnt sind, dann berichten die Freunde der Wahrheit auch einmal über die sozialpolitischen Leistungen von Diakonie und Caritas, von gerechten politischen Verlautbarungen und Denkschriften. Was sich in Zahlen und Fakten belegen lässt, macht Kirchen, macht Glauben und Religion banal und beherrschbar, erlaubt zu richten und zu urteilen. Die Diesseitigkeit des Personals und seiner Probleme relativiert die Bedeutung der Idee, lässt die Beurteilten klein und die medialen Richter überlegen erscheinen. Gerade im Umgang mit Religion und Kirche sehen die Enthüller gut aus.

Der weltliche Universalanspruch des investigativen Journalismus korrespondiert übrigens mit einer vergleichbaren Grundhaltung unter Theologen. Die Chuzpe, mit der man in Pfarrstuben und Studierzimmern über Medien und ihre Macher (aber auch über Politik und Wirtschaft) urteilt, muss sich hinter dem Allzuständigkeitssyndrom der Medienleute nicht verstecken. Den Angehörigen beider Berufe mangelt es im Umgang mit der Arbeit anderer jedenfalls an Demut.

Im Boulevardblatt oder Privatfernsehen wird Religion schrill bedient. Bisweilen kommt Andacht auf, bis hin zur Sentimentalität. Gut zu beobachten beim Umgang mit Menschen wie der verstorbenen Mutter Teresa. Oder die Macher geben sich ganz unbefangen und ungeschützt der Neigung zu pubertären Mustern hin. Das Spannungsfeld zwischen Religion und Sexualität lädt ein zu deftigen Scherzen. Der Schabernack mit Riten und Symbolen sagt häufig mehr über die Possenreißer aus als über die Objekte ihres Witzes.

Boulevardmedien und Comedyshows im Privatfernsehen begegnen Kirchenleute merkwürdig hilflos. Die Welt des Klamauks und der schlichten Gefühle – die liegt vor allem für protestantische Theologen auf einem weit entfernten Planeten. Die Gagschreiber reiben sich ihrerseits auch lieber am sinnlichen Katholizismus. Die Abstraktionskünste der Kirche des Wortes bieten zu wenig Farbe, reizen nicht zum kräftigen Kontrast.

Die dritte Gruppe, die Apokalyptiker in den Medien, tut sich da mit dem evangelischen Milieu um vieles leichter. In manchem protestantischen Prediger erkennen sie sofort den Seelenverwandten. Es eint sie der gerechte Zorn auf alle, die nicht bußfertig ihren Lehren lauschen, die das Leben vordergründig genießen.

Ihr gut evangelisches Motto: Man kann alles tun, es darf nur keinen Spaß machen.

Wie es den Enthüllern unangenehm ist, die transzendentale Bedeutung des Religiösen zuzulassen, weil es die eigene Größe beeinträchtigt, so können die Apokalyptiker Religion nur ertragen, wenn sie zwischen Glaube und Liebe die Hoffnung ausblenden.

Weihnachten feiern, sich an der Geburt eines Kindes freuen, jauchzen und jubilieren – wie unpassend ist das doch alles, angesichts von Hunger und Elend überall auf der Welt! Dass gerade Hungernde und Elende nach Zeichen der Hoffnung verlangen könnten, werten Untergangspropheten als Versuch der Betäubung, als Sehnsucht nach trügerischem Glück.

Mit Aufklärung, mit reiner Vernunft also kann man die Arbeit der Massenmedien nicht erklären. Zeitungen, Radio und Fernsehen transportieren vormoderne, archaische Empfindungen und Ängste mit der suggestiven Kraft ihrer technischen Möglichkeiten. Medien sind nicht moderner als ihre Macher. Und ihre Macher haben den alten Adam und die greise Eva genauso in sich wie alle anderen Menschen. Die Sehnsucht nach ein bisschen Wärme, ein wenig Glück, liebende Partner, Anerkennung und Freiheit. Für Theologen gilt dies im Übrigen auch.

Wie wäre es, wenn das in den Medien ein wenig durchschimmern würde? Transparenz des Unvollkommenen, des Begrenzten, des Irdischen. Demut, Herzlichkeit, Respekt. Lebensfreude und menschlicher Ernst. Und vor allem Selbstbeschränkung.

Medien sollten aus ihrem Auftrag keine Religion machen. Wer enthüllt, müsste akzeptieren, dass seinem Bemühen Grenzen gesetzt sind und dass Enthüllung keine Erlösung sein kann. Es ließe sich entspannter arbeiten.

Wer Wunder, Zauber und Rettung vertreibt, müsste wissen: Weniger Superlative steigern die Glaubwürdigkeit. Die meisten Sensationen sind allerhöchstens gelinde Überraschungen. Schlagzeilen ließen sich entspannter texten.

Wer vor Katastrophen warnt, sollte Hoffnung zulassen. Ohne Hoffnung kann man nicht über Lösungen und Auswege nachdenken. Ohne Hoffnung wären sie sinnlos. Mit der Hoffnung lässt sich entspannter diskutieren.

Sind die Medien nun schuld am Niedergang von Religion und Moral oder nicht? Hat die Glotze die Kanzel abgelöst? Fast hätten wir vergessen, die eingangs aufgeworfenen Fragen zu beantworten.

Zum Ersten: Den Niedergang von Religion und Moral mögen wir nicht feststellen. Einen Wandel allemal. Es könnte nicht schaden, wenn sich die Medienmacher des religiösen Anteils ihres Tuns und ihrer Produkte ein wenig bewusst würden. Und es könnte genauso wenig schaden, wenn man auf der Kanzel die Glotze nicht als Konkurrenz, sondern als Schwester betrachten würde.

Religion ist überall und immer. Auch in den Medien ist Religion. Zum Götzen aber darf man sie nicht machen. So wenig wie den Sport oder das Metzgerhandwerk. Die religiöse Dimension der Medien zu verkennen, ihr Wirken als areligiös zu betrachten, zu übersehen, wie mystisch, mythisch und apokalyptisch sie funktionieren, wäre der erste Schritt zur Vergötzung.

Der Papst wird evangelisch

War das Grab leer? War der Nazarener ein Essener? Haben die Evangelisten Geschichten aus dem wirklichen Leben erzählt oder das meiste frei erfunden? Wer war der historische Jesus? Ist er gekreuzigt worden und am dritten Tage wieder auferstanden? War er der erste neue Mann? War er der Sohn Gottes und der des Zimmermannes Joseph? Wollte er eine Religion stiften oder nur frommer Jude sein?

Als die christlich geprägte Welt ihr 2000-Jähriges beging, feierte die überwiegende Mehrheit mit der Zeitrechnung eher sich selbst als den runden Geburtstag ihres Erlösers. Das Millennium – ein Jubiläum als geschichtslose Gegenwartsinszenierung. Dabei sein ist alles. Schampus und Kaviar an exzentrischen Orten, die von den Hingeeilten nur deswegen für den jeweiligen Nabel der Welt gehalten werden, weil sie es sind, die sich in der Neujahrsnacht dort aufhalten.

Nach Jesus von Nazareth werden die Gäste im Hotel Adlon zu Berlin, im New Yorker Waldorf Astoria, bei den großen Partys auf den Champs-Élysées oder in der Wiener Innenstadt einander kaum gefragt haben. Das blieb den Neujahrsbotschaften der diversen Kirchenoberhäupter überlassen, die von den Agenturen ebenso zuverlässig verbreitet wie von Zeitungsredaktionen pflichtbewusst wie lakonisch zitiert wurden.

Die Kirchen erinnerten sich des Ursprungs ihrer Geschichte innerhalb der Menschheitsgeschichte als ihr zweitausendstes Jahr anbrach. Dass das 20. Jahrhundert erst zwölf Monate später zu Ende ging, ist dabei so nebensächlich wie die Tatsache, dass sich der Kalenderpapst Gregor um ein paar Jahre verhauen hat und Jesus vermutlich vor unserer Zeitrechnung geboren ist.

Der Ursprung der christlichen Religion und ihrer Kirchen ist eindeutig. Jesus war da. Gott ist Mensch geworden. Ein Skandal. Etwas Neues. Die antiken Götter oder die der alten Germanen nahmen – mal so eben – Menschengestalt an, schlüpften in Körper und wieder raus, wie es ihnen passte. Der Judengott immerhin kommunizierte regelmäßig mit den Menschen seines Volkes. Und dieses Volk schöpfte Trost aus der Erwartung des Messias.

Die Christen glauben konkret und sie glauben historisch: Gott ist zu uns gekommen, ist für uns gestorben und auferstanden von den Toten. Er bleibt bei uns, ewig. Christen haben ihren Glauben zu allen Zeiten für wahr gehalten. Kein Märchen. Kein dunkler Mythos. Schlichte Wirklichkeit, nicht immer sichtbar, nicht überall abrufbar, uns oft entzogen, aber dennoch da. Diese Wirklichkeit hat eine 2000-jährige Geschichte. Es ist die Geschichte der Gläubigen, der Gemeinde, der Kirche Jesu Christi, der bezeugten Wahrheit.

War Jesus nur einer von vielen Wunderheilern und Wanderpredigern oder der eine, der herausragende Gesandte Gottes? Was haben die Nachgeborenen dazugedichtet, angefangen bei den Aposteln und Evangelisten? Die Fragen sind gleichzeitig hoch wissenschaftlich und rührend naiv. Sie beschreiben den Zugang der Moderne zu Phänomenen, die sich ihrem Zugriff sonst verweigern.

Wahrheit ergründen heißt für den Homo Faber: die Echtheit testen. Auf die Münze beißen, Quellen vergleichen, Akten studieren, Computerprogramme darüber rasseln lassen und Textilproben untersuchen. Wir machen das mit dem Ötzi, mit Ramses, mit Friedrich dem Großen. Mit Jesus geht es vielleicht, mit Christus und dem lebendigen Gott eben nicht. Der lebendige Gott ist der geglaubte. Kirchen sind keine historischen Museen, keine Asservatenkammern und auch keine Volkshochschulen. Doch die Moderne bezeugt dem Gottmenschen und Menschengott auf ihre Weise höchsten Respekt, wenn sie ihn zu erforschen versucht, ihn für der wissenschaftlichen Rede wert hält.

Die Weisen aus dem Morgenland brachten dem Kind, was sie für das Wertvollste hielten: Gold, Weihrauch und Myrrhe. Mystiker haben Christus mit der Macht ihrer Sprache, mit ihrer spirituellen Leidenschaft verehrt. Komponisten beten mit Musik.

Die Kinder der Aufklärung schenken dem Erlöser Rechenzeit und Laborstunden und verherrlichen ihn im Zweifel. Sie bekunden, dass Christus sie nicht loslässt, indem sie seine historische Existenz begreifen wollen.

Die Geschichte Jesu ist die Geschichte seiner Gemeinde und ihrer Bilder von ihm. Wann, wie oft und wo sich ihr Gott offenbart hat und wann, wie oft und wo er sich vor ihr verborgen hat, kann nicht notiert werden wie die Börsenkurse, wie die Geschichte der Seeschlachten oder Fußballresultate. 2000 Jahre Kirche sind 2000 Jahre Gottes- und Menschenbilder.

Für Protestanten ein heikles Feld. In evangelischen Köpfen ist die ganze Kirchengeschichte nur schwer heimisch zu machen. Jesus, Paulus, 1400 Jahre Pause, Luther, Calvin, Reformation. Mit der Alten Kirche haben viele Lutheraner und noch mehr Reformierte so gründlich bei sich aufgeräumt, dass sie lieber ein Vakuum akzeptieren, als den Gedanken der Kontinuität in ihr Bewusstsein einzulassen.

Die Reformation ist nicht denkbar ohne die Germanisierung des Christentums im frühen Mittelalter, ohne keltische Strenge, ohne lateinisches Recht, ohne den Streit zwischen Papst und Kaiser, ohne Ketzer wie Hus und Wiclif, ohne Heilige wie Augustinus, Thomas von Aquin oder Franziskus von Assisi, ohne Schisma und Konzile. Und die Reformation wiederum ist ein selbstverständlicher Teil der Wirkungsgeschichte des Evangeliums und damit der allumfassenden (griechisch: katholischen) Kirche.

Mit der Urbarmachung der einen, gemeinsamen Geschichte beginnt Ökumene, wörtlich: „gemeinsam bewohnen". Die Christen aller Glaubensrichtungen müssen sich als über 2000 Jahre in Freud und Leid verbundene Hausgemeinschaft erkennen. Das Haus (griechisch: oikos) gehört allen, alle haben mitgebaut. Die

Reformation ist katholisch wie Luthers Bibelübersetzung und die Musik Johann Sebastian Bachs, wie Martin Luther King und Dietrich Bonhoeffer. Teil protestantischer Identität sind die Kreuzzüge, die Sixtinische Kapelle, Mozarts Messen, Papst Johannes XXIII. und Mutter Teresa.

Die Anhänger Jesu Christi können in Vielfalt und menschlicher Unterschiedlichkeit einen Teil jener zwei Jahrtausende alten Wahrheit erkennen, dass Gott die Menschen in ihrer individuellen Einzigartigkeit liebt. Das gilt es zu feiern, immer und immer wieder.

Ob die Zeitrechnung stimmt, ob es nun exakt 2000 Jahre her ist oder 1999 oder 2004 bleibt Nebensache. Wir gratulieren uns zu Dir, Jesus Christus!

Armut: Reich und seelisch bedürftig

Eine Gesellschaft verarmt. Die Reichen igeln sich in ihrem Reichtum ein, sammeln Villen, jetten durch die Welt und verkehren nur noch mit ihresgleichen. Ihre menschliche Armut sehen sie nicht.

Manager pressen nicht nur andere aus, sondern sich selbst für viel Geld. Ihre Beziehungen verkommen. Ihre Kinder leiden unter Magersucht, haben alles – nur keine Väter.

Die kleinen Leute haben Angst vor dem Abstieg. Sie äffen die Reichen nach, achten auf Sauberkeit, ziehen hohe Zäune und meiden den Kontakt zu den Abgestiegenen.

Die Abgestiegenen haben jede Hoffnung aufgegeben, ihr Schicksal wenden zu können. Wozu das alles? Wird ja nicht besser. Wir sind unten, ihr da oben!

Wer gehört zur Unterschicht? Die nicht mehr können? Die nicht mehr wollen? Wer sagt den Wohlhabenden: Ich kann mehr als nur materielle Güter akkumulieren? Wer rät ihnen: Spiel mit den Schmuddelkindern, sing ihre Lieder!

Eine Gesellschaft ist arm, wenn die Angst regiert, etwas zu verlieren. Dann wird sie starr und undurchlässig. Richtig, Herr Beck, die materiell armen Leute trauen sich nichts mehr zu. Aber sind sie denn die Einzigen? Sind nicht auch jene arm, die das Geben verlernt haben? Das Geben verlernt? Es wird doch viel gespendet in diesem Land! Geld! Aber wer verschwendet sich an Menschen? Ich wünsche mir Villen ohne Alarmanlagen und adrette Reihenhäuser mit offenen Türen, in denen die Beziehungsarmen die materiell Bedürftigen zu Tisch bitten – ohne Angst vor deren Tischmanieren oder Körpergerüchen.

Was nützt es, über mangelnde Bildungschancen zu klagen, dabei aber die Herzensbildung zu vergessen? Eine materiell ärmer werdende Gesellschaft darf nicht nur nach dem Staat rufen. Ihre Mitglieder müssen als Menschen großzügiger werden, einladender, weniger berührungsängstlich.

Für Jesus existierten keine Unberührbaren. Zöllner, Huren, arme Leute, Kinder – er setzte sich hin und aß mit ihnen. Er lehrte sie, offen zu sein und großzügig. Wir – nicht die materiell Bedürftigen – müssen als Erste lernen, etwas gegen unsere Armut zu tun.

Arnd Brummer

Jahrgang 1957, ist Chefredakteur von „chrismon" und Geschäftsführer des Hansischen Druck- und Verlagshauses. Nach einem Tageszeitungsvolontariat beim „Schwarzwälder Boten" arbeitete er als Kultur- und Politikredakteur bei mehreren Tageszeitungen, leitete eine Radiostation und berichtete aus der damaligen Bundeshauptstadt Bonn als Korrespondent über Außen-, Verteidigungs- und Gesellschaftspolitik. Seit seinem Wechsel zum „Deutschen Allgemeinen Sonntagsblatt", dem Vorgänger von „chrismon", im Jahr 1991 widmet er sich zudem grundsätzlichen Fragen zum Verhältnis Kirche–Staat sowie Kirche–Gesellschaft. Seine besondere Aufmerksamkeit gilt kulturwissenschaftlichen und religionssoziologischen Themen. Brummer schrieb ein Buch über die Reform des Gesundheitswesens und ist Herausgeber mehrerer Bücher zur Reform von Kirche und Diakonie.

1. MAN IST MENSCH ...

Überall wuchert der Sprachkrebs
Deutsches Allgemeines Sonntagsblatt Nr. 21 / 2000

Männer sind unreif, Frauen spielen nicht
chrismon Nr. 1 / 2003

Melde dich, wenn du in der Gegend bist
chrismon Nr. 9 / 2002

Darf man mit 44 schon alt sein?
chrismon Nr. 9 / 2001

Einfach mal Guten Tag sagen, einfach so
chrismon Nr. 4 / 2002

Von Bauern, Piraten und der Sehnsucht nach Glück
chrisma Nr. 11 / 2000

Die Vernunft – ein böser Scherz vom lieben Gott?
chrismon Nr. 1 / 2001

Wenn der Anstand abdankt, wird das Leben schön
chrismon Nr. 2 / 2001

Stadtluft macht frei und Dorfmief hält warm
chrismon Nr. 3 / 2001

Von Daniel, der sich unheimlich aufbrezelt
chrismon Nr. 4 / 2003

Mein Bestes bekommt ihr nicht!
chrismon Nr. 5 / 2003

Ein Hoch auf die bürgerliche Mischpoche!
chrismon Nr. 8 / 2002

„Was bringt mir das?"
Deutsches Allgemeines Sonntagsblatt Nr. 17 / 1996

Ein Hauch von Mensch, eine Spur
chrismon Nr. 4 / 2001

Wir jammern und klagen auf hohem Niveau
Deutsches Allgemeines Sonntagsblatt Nr. 19 / 2000

Meinen Geburtstag vergisst er nie
chrismon Nr. 7 / 2003

2. ABENTEUER LEBEN

Der Fluch des Taxifahrers
chrismon Nr. 10 / 2002

Muss man denn ewig Häuser bauen?
chrismon Nr. 11 / 2002

Parzival schleppt Sprudelkisten
chrismon Nr. 12 / 2002

Mit Harry weit entfernt vom Paradies
chrismon Nr. 2 / 2003

Eine Scheibe Freude von Boris
chrismon Nr. 3 / 2003

Der heilige Antonius und das Goldene Kalb
chrismon Nr. 3 / 2002

„Außer dir und mir lauter Eseln auf der Redoute"
Deutsches Allgemeines Sonntagsblatt Nr. 49 / 1991

König Artus und die Toten im Saxetenbach
Deutsches Allgemeines Sonntagsblatt Nr. 32 / 1999

Nimm teil an deinem eigenen Leben
Deutsches Allgemeines Sonntagsblatt Nr. 17 / 2000

Urlaub
chrismon Nr. 7 / 2002

Lebensabend – die dritte Jugendzeit?
Deutsches Allgemeines Sonntagsblatt Nr. 45 / 1999

Zum Glauben gehört Leiden
Das Parlament Nr. 19/2006

3. DER SCHLAGZEILEN-ORDEN

Amoklauf: „... und erlöse uns von dem Bösen!“
chrismon plus Nr. 5 / 2007

Die Kultur des Holzhammers
chrismon Nr. 6 / 2003

Haupt-Sache
chrismon Nr. 2 / 2004

Forscher: Die Seele existiert! – Warum auch nicht?
chrismon Nr. 1 / 2002

Was mich und andere Sünder tröstet
chrismon Nr. 8 / 2001

Kampf und Tod der Diane Pretty
chrismon Nr. 6 / 2002

Exoten gesucht
Deutsches Allgemeines Sonntagsblatt Nr. 6 / 1996

Einfach nur spielen
Deutsches Allgemeines Sonntagsblatt Nr. 5 / 1999

Wenn alles nur Spaß ist, gibt's nix zu feiern
chrismon Nr. 6 / 2001

Faustrecht oder Polizeistaat? Vom Sinn der Fairness
chrisma Nr. 12 / 2000

Wer ist schuld, wenn etwas schiefgeht?
Deutsches Allgemeines Sonntagsblatt Nr. 18 / 2000

Deutschland, deine Weißnixe
Deutsches Allgemeines Sonntagsblatt Nr. 53 / 1999

Warum ist Amerika für viele der Satan?
chrismon Nr. 10 / 2001

Der Schlagzeilen-Orden
Deutsches Allgemeines Sonntagsblatt Nr. 5 / 1998

Der Papst wird evangelisch
Deutsches Allgemeines Sonntagsblatt Nr. 53 / 1999

Armut: Reich und seelisch bedürftig
chrismon plus Nr. 11 / 2006